십이야, 혹은 그대의 바람
Twelfth Night, or What You Will

국립중앙도서관 출판시도서목록(CIP)

십이야, 혹은 그대의 바람 / 셰익스피어 지음 ; 김정환 옮김. ― 서울 : 아침이슬, 2010
    p. ;   cm. ― (셰익스피어 전집 ; 7)

원표제: Twelfth Night, or What You Will
원저자명: William Shakespeare
영어 원작을 한국어로 번역
ISBN 978-89-6429-103-0 04840 : ₩10000
ISBN 978-89-88996-82-9(세트)

영국 희곡[英國戱曲]

842-KDC5
822.33-DDC21   CIP2010000705

십이야, 혹은 그대의 바람
Twelfth Night, or What You Will

셰익스피어 지음 | 김정환 옮김

아침이슬

일러두기

운문과 산문 구분을 명확히 했고, 행갈이를 원문과 똑같이 맞추었다. 각 작품을 잘 쓰인 시집 한 권 대하듯 읽으면 적당할 것이다.

등장인물

오시노 일리리아 공작

발렌타인
큐리오] 오시노를 수행하는 측근

첫 번째 관리

두 번째 관리

비올라 숙녀, 뒤에 세사리오로 변장

선장

세바스찬 비올라의 쌍둥이 오빠

안토니오 또 다른 선장

올리비아 여자 백작

마리아 올리비아의 귀족 시녀

토비 벨치('트림, 모주꾼') 경 올리비아의 친척

앤드루 에이규치크('학질 뺨') 경 토비 경의 친구

말볼리오 올리비아의 집사

싸비안 올리비아의 가솔 중 한 명

광대 페스테 올리비아의 어릿광대

사제

올리비아의 하인

연주자들, 선원들, 영주들, 시종들

대사에 나오는 외국 명

아리온 여행 중 살해 위기에 처하자 바다에 뛰어들어 돌고래를 타고 뭍으로 돌아왔다
는 그리스의 전설적인 시인, 음악가

머큐리 로마 신화 전령 신, 웅변가 장인 상인 도둑의 수호신

루크레티아 뛰어난 미모와 정절로 유명한 로마 여인, 타르퀴니우스에게 능욕 당하자
복수를 부탁하고 자살한다.

크레시다 트로일러스와 사랑하는 사이였으나 적군 디오메데스에게 마음을 빼앗겨 연
인을 배신한다.

트로일러스 트로이 전쟁에서 아킬레우스에게 살해당하는 트로이 프리암 왕의 아들,
사랑하는 여인 크레시다에게 배신을 당한다.

레테 망각의 강

제1막

경배하는, 눈물이 마를 날 없는,
사랑 천둥의 신음을 내뱉는, 한숨이 불같은 사랑이죠.

1막 1장
아드리아 해 동쪽 일리리아 공국

음악과 함께 일리리아 공작 오시노, 큐리오, 그리고 다른 영주들
등장

오시노 음악이 사랑의 양식이라면, 계속 연주하라,
과도하게 다오, 물릴 정도로, 하여,
입맛이 시들고 없어지도록.
그 곡조를 다시 치게, 종지부가 있구만.
오, 이 음악은 내 귀를 달콤한 소리처럼 덮친다,
바이올렛 핀 둑에 숨을 내뿜으며
향기를 훔치고 또 내어주는. 됐다, 그만하라,
이제 전처럼 달콤하지 않도다.
〔음악이 그친다〕
오 사랑의 정신이여, 너무도 발랄하고 열렬하여,
네 용적에도 불구하고
바다처럼 받아들이며, 그리로 들어가는 것,
아무리 가치 있고 드높더라도,
가치와 값이 감소되는구나,
단 일 분 만에! 공상이 하도 천태만상이라
그것만이 독보적인 상상력이라 하겠도다.

큐리오 사냥을 가시렵니까, 공작님?

오시노 뭘 사냥하게?

큐리오 사슴이요.

오시노 가슴이야 내가 사냥하잖나, 가장 고결한 가슴이지.

오, 내 두 눈이 올리비아를 처음 보았을 때

그녀는 공기에서 역병을 정화하는 것 같았어.

그 순간 나는 한 마리 사슴으로 변했지,

그 후로 나의 욕망이, 사납고 잔인한 사냥개들처럼,

줄곧 나를 추적한다네.

〔발렌타인 등장〕

어찌 됐나, 그녀가 뭐라시던가?

발렌타인 그게 말입니다. 직접 뵙지는 못하였고,

그분 하녀가 이런 답을 전했습니다.

하늘 자신도 여름 해가 일곱 번 지날 때까지

그녀 얼굴 전체를 보지는 못하리라,

수녀처럼 그녀는 얼굴을 가리고 걸을 것이며

하루 한 번 그녀 방을 적실 것이다.

눈을 쑤시는 짠 눈물로─이 모든 것은 보존하기 위해서다

죽은 오빠에 대한 사랑을, 이 사랑을 생생하게

또 지속적으로 그녀의 슬픈 추억 속에 두고 싶다 하셨다. 이

렇게요.

오시노 오, 참으로 부드러운 마음씨를 지녔도다, 그녀는.

사랑의 부채김을 오빠한테도 이렇게 느끼는데,

얼마나 사랑하시겠는가, 그 화려한 황금 화살이

그녀 안에 사는 다른 감정의 무리 일체를

죽여 버린다면?—간장과 두뇌와 가슴,
  열정과 지성과 감정 각각의 왕좌들이, 그리고 그녀의 달콤
한 완벽성이
  단일한 왕을 부여받아 채워진다면!
  가자, 향그러운 꽃 침대로.
  정자나무 그늘 아래 누우면 사랑 생각 풍성해지나니.

        모두 퇴장

1막 2장
일리리아 해변

비올라, 선장, 그리고 선원들 등장

비올라 어느 나란가요, 여러분, 여기는?

선장 일리리압니다, 숙녀분.

비올라 일리리아에서 뭘 어쩐다?

　　　내 오빠는, 천국엘 갔는데.

　　　혹시 익사한 게 아닐지도 모르지. 선원분들 생각은 어떠세
　　　요?

선장 숙녀분 자신이 목숨을 부지한 것이 혹시죠.

비올라 불쌍한 내 오빠!—그러니 혹시 그도.

선장 맞아요, 숙녀분, 그리고 혹시로나마 위로를 드리자면,

　　　제가 분명 봤습니다, 우리 선박이 두 동강 난 후,

　　　숙녀분 그리고 숙녀분과 함께 구조된 그 불쌍한 몰골들이

　　　우리 구조선에 매달렸을 때, 숙녀분 오빠를 보았소,

　　　불행 중 천행으로, 자신을 묶었더군요—

　　　용기와 희망 둘 다 그에게 요령을 가르쳐 주었지—

　　　비다에 띠 있는 강한 돛대에,

　　　그리고 거기서, 돌고래 등에 탄 아리온처럼,

　　　그가 파도들을 잘 구슬리는 것을 보았어요,

　　　　그러고는 헤어졌지만.

비올라 〔돈을 주며〕 그리 말씀해 주셔서 감사해요, 금합니다.

　　　　제 자신이 살아났으니 희망이 있겠죠.

　　　　그리고 그 희망을 당신 말씀이 지지해 주네요,

　　　　오빠도 살았을 거라는 희망을. 이 나라를 아시나요?

선장 예, 숙녀분, 잘 알죠, 제가 자라고 태어난 곳이

　　　　바로 이 장소에서 세 시간 거리니까요.

비올라 어느 분이 다스리시죠?

선장 고결한 공작분이십니다. 성품도

　　　　이름도 그렇죠.

비올라 이름이 뭔데요?

선장 오시노.

비올라 오시노. 아버님께서 그 이름을 말하시던데.

　　　　그때는 총각이셨죠.

선장 지금도 그렇습니다. 최근까지는 그랬죠,

　　　　하지만 바로 한 달 전 이곳을 떠날 때,

　　　　솔솔 들리는 소문이—아시다시피,

　　　　높으신 분들 얘기를 아랫것들이 수군대는지라—

　　　　그분이 아름다운 올리비아의 사랑을 구하신다더군요.

비올라 어떤 분인데요?

선장 정숙한 처녀죠, 백작 따님인데

　　　　백작이 열두 달 전쯤 죽었어요. 그래서 그녀가

　　　　그의 아들, 그녀 오빠의 보호를 받게 되었지만,

　　　　오빠도 곧 죽었거든요. 오빠에 대한 지극한 사랑 때문에,

　　　　사람들 말로는, 그녀가 남자 눈에 띄거나

남자와 같이 다니지 않겠다고 공공연히 선포했다고 합니다.

비올라 오 내가 그분 시중을 들었으면,

그리고 세상에 드러나지 않았으면,

내 자신이 내 신분에 맞게

무르익을 때까지.

선장 그건 힘들걸요,

그녀는 어떤 간청도 받아들이지 않을 겁니다.

그럼요, 공작의 간청도 그럴걸요.

비올라 참 점잖고 잘생기셨어요, 선장님은,

그리고 자연은 아름다운 벽으로

종종 오염을 가리기도 하지만, 당신에 대해서는

제가 믿겠습니다, 당신 마음도

잘생긴 당신 외모에 걸맞을 거라구요.

부탁이 있어요—그리고 넉넉히 보답하겠습니다—

제 신분을 숨겨 주시고, 저를 도와주세요.

제 의도의 모양에 맞게 제가

변장을 하고 싶거든요. 그 공작분 시중을 들 거예요.

저를 내시로 소개해 주세요, 그분께.

해볼 만할 거예요, 전 노래를 할 수 있으니까요,

그리고 그분께 여러 음악을 들려주어

시중 잘 든다는 소릴 듣게 될 거예요.

생각대로 안 되면 그때 가서 보죠, 뭐.

다만 당신은 내 계획을 입 다물어 주세요.

선장 숙녀분은 공작의 내시가 되시오, 난 숙녀분의 벙어리 노예가 되리다.

　내 혓바닥이 주책을 떨면, 내 두 눈을 멀게 해 버리시오.

비올라　고맙습니다. 앞장서시지요.

　　　모두 퇴장

1막 3장
여자 백작 올리비아의 집

토비〔벨치〕 경과 마리아 등장

토비 경 대체 조카딸애는 지 오빠 죽은 걸 언제까지 떠메고 갈 작
정이라든? 확실히 시름은 인생의 적이로다.

마리아 제발, 토비 경, 밤에 좀 일찍 들어오세요. 경의 질녀분, 주
인아씨께서 상당히 언짢아하신다구요.

토비 경 뭐, 언짢아하라지, 그 수밖에 더 있겠나.

마리아 처신도 좀 절도 있게 하시구요. 넘어서는 안 될 선이 있는
거죠.

토비 경 처신, 선? 내 몸 선이 어때서. 이 옷은 술 마시는 데 그만
이라구. 이 장화도 그렇구. 그렇지 않다면, 장화 줄에 장화 목
이나 매고 마는 거지.

마리아 그렇게 술을 마셔 대다가는 흉한 꼴 날걸요. 어제도 주인
아씨께서 그 얘기십디다. 그리고 어느 날 밤 아씨 구혼자라고
데려온 그 멍청한 기사분 얘기도 하셨구요.

토비 경 누구, 앤드루 에이규치크 경?

마리아 맞아요.

토비 경 일리리아에 그보다 더 멀쑥한 놈 있으면 나와 보라 그래.

마리아 키 크고 싱거운 것 말고 별 볼일 있어요?

토비 경 아니, 일 년 수입이 물경 삼천 더컷인데.

마리아 그보다 먼저, 전 재산을 일 년 만에 까먹을 위인이지요.
완전 바보다. 방탕벽까지 있으니.

토비 경 몰라도 한참 모르는 소리! 무릎 사이에 베이스비올라 끼
고 노는 솜씨 일품이지, 외국어 서너 개는 단어 하나하나 사
전 없이도 척척이지, 그리고 타고난 좋은 재주는 모두 갖췄다
구.

마리아 어련하시겠요, 타고났지요, 배냇병신에다가, 엄청난 시
비쟁이죠. 타고난 겁쟁이 기질이 받쳐 주기 망정이지, 아니면
타고난 성깔 때문에 무덤도 타고났을 거라는 게 현명한 분들
의 중론입니다.

토비 경 맹세코, 그런 말은 악당의 중상모략이로다. 어떤 자들이
그러든?

마리아 깎아내리는 게 아니라 덧붙이지요, 그분들은, 그가 밤마
다 당신과 술을 퍼마신다고.

토비 경 조카딸애 건강에 건배하는 거야. 내 목구멍에 길이 있고
일리리아에 술이 있는 한 난 그 애를 위해 건배할 거야. 내 조
카딸애를 위해 대가리가 교구 팽이처럼 꼭지 돌 때까지 처마
시지 않는 놈은 비겁하고 나쁜 놈이지. 보시게, 시녀 양반, 호
랑이도 제 말하면 온다더니, 앤드루 에이규치크 경일세.

앤드루(에이규치크) 경 등장

앤드루 경 토비 벨치 경! 어떻게 지내오, 토비 벨치 경?

토비 경 친절한 앤드루 경.

앤드루 경 (마리아에게) 복 받으세요, 아름다운 아가씨.

마리아 나리도요.

토비 경 땡겨, 앤드루 경, 땡기라구.

앤드루 경 땡겨라니?

토비 경 내 조카딸애가 데리고 있는 분 말일세.

앤드루 경 훌륭하신 땡겨 부인, 앞으로 더 친해지고 싶습니다.

마리아 제 이름은 마리아입니다, 어르신.

앤드루 경 그렇담 훌륭하신 마리아 땡겨 부인.

토비 경 틀렸어, 기사 양반. '땡겨'는 똑바로 보고, 시도해 보고, 구애해 보고, 공략해 보란 뜻이야.

앤드루 경 맹세코, 중인환시에 그렇게는 못하지. '땡겨'가 그런 뜻이오?

마리아 잘들 계셔요, 신사분들.

토비 경 이렇게 그녀를 보내면, 앤드루 경, 칼을 아예 안 뽑느니만 못하지.

앤드루 경 그렇게 가시면, 부인, 제가 다시는 칼 뽑을 생각이 안 들겠는데요. 아름다운 부인, 바보를 상대한다고 생각하시는 겁니까?

마리아 나리, 상대하다니요, 손도 안 잡았는데요.

앤드루 경 그렇군, 잡으셔야죠, 여기 제 손입니다.

마리아 〔그의 손을 잡으며〕 됐구요, 생각은 제 맘이랍니다. 부디, 이 손은 와인 창고 선반이나 더듬게 하시죠, 술이나 먹으라고요.

앤드루 경 왜요, 귀여운 분? 무슨 뜻?

미리아 손이 밀랐나구요, 나리.

앤드루 경 물론이지, 내 생각도 그래. 내가 아무리 멍청해도 젖은 손으로 다니지는 않지. 근데 무슨 농담이었소?

마리아 마른 농담이었습니다, 나리.

앤드루 경 그런 게 잔뜩 있소?

마리아 그럼요, 나리, 손가락 끝에까지 와 있죠. 이런, 나리 손을 놓으니 농이 안 생기네요. 〔퇴장〕

토비 경 오, 기사 양반. 카나리 포도주 약발이 다 떨어지셨나? 이렇게 된통 당하는 건 처음 보는데.

앤드루 경 생전 처음일걸, 카나리한테 당한 거 말고는. 아무래도 나는 평균치 보통 사람 정도 위트밖에 없나 보오. 정말 소고기를 너무 많이 먹어 지능이 떨어진 것 같아.

토비 경 그런가.

앤드루 경 내 생각이 맞아, 그만 처먹어야지. 난 내일 집으로 돌아가려오, 토비 경.

토비 경 뿌르ㄲ와, 왜, 기사 양반?

앤드루 경 '뿌르ㄲ와'라니, 그럴까, 아님 그러지 말까? 펜싱이다, 춤이다, 곰 놀려먹기다, 그런 데 쓴 시간을 외국어 배우는 데 썼다면. 오, 예술을 배워야 하는 건데!

토비 경 꼬부랑말 배워 봐야 혀 꼬부라지고 머리칼 꼬부라지기 딱 맞지.

앤드루 경 그러면 머리가 좀 나아졌을까요?

토비 경 물론, 자연적인 곱슬머리는 아니잖나.

앤드루 경 하지만 저한테는 썩 어울리죠, 그쵸?

토비 경 어울리고말고, 실톳대에 걸린 아마 같으니, 웬 아낙네가 다리 사이에 끼고, 다 잣고 또 자아서, 대머리를 만들면 좋겠네그려.

앤드루 경 정말, 나 내일 집에 가겠소, 토비 경. 당신 조카딸은 모습을 보일 생각도 않고, 보인단들, 내 사람이 될 확률은 사분의 일도 안 돼요. 바로 근방 백작 나리께서도 청혼을 했다던데.

토비 경 백작은 물 건너갔어. 그녀는 사회적 신분이 자기보다 높은 사람과는 결혼 안 해. 재산이나, 나이, 혹은 지능이 더 위인 사람과도 안 하지. 쯧, 아직 희망이 있다니까.

앤드루 경 한 달 더 있어야겠네요. 난 참 내가 봐도 이상한 놈이라니까요. 가면무도회나 술잔치 그런 거라면 빽 가는 수가 있거든요.

토비 경 그런 잡기에 능하신 건 몰랐네, 기사 양반?

앤드루 경 일리리아 어느 놈한테도 안 뒤지죠. 그가 누구든, 나보다 나은 놈 밑이면 말이오. 노털들하고야 안 되겠지만.

토비 경 갤리어드 춤에서 장기라면, 기사 양반?

앤드루 경 케이퍼, 지랄춤이 끝내주죠.

토비 경 케이퍼 초절임이면 양고기가 필요하겠네.

앤드루 경 그리고 뒤로 치기는 일리리아에서 나보다 잘할 놈 없을걸요.

토비 경 왜 이런 걸 숨기는 거지? 왜 이런 재주를 커튼으로 가리는 게야? 성처녀 초상처럼 먼지가 낄까 봐? 갤리어드 춤을 추며 교회엘 나가고, 더 빠른 쿠랑트 춤을 추며 귀가하면 안 돼? 나라면 걸음 자체를 지그춤으로 걷겠구만. 다섯 박자 춤장단 아니면 오줌도 안 누겠어. 자넨 도대체 어쩌자는 게야? 미덕을 감춘다고 알아줄 세상인가? 자네 다리 골격이 근사해서 난 정말 자네가 갤리어드 별의 운명을 타고났다고 생각했는데.

앤드루 경 그건 그래, 다리는 튼튼하죠, 알록달록 양말 신기면 꽤
　　　해요. 우리 한번 놀아 볼까요?

토비 경 달리 뭘 하겠나—우린 고주망태 황소자리 과 아닌가.

앤드루 경 황소자리? 그거 옆구리 찌르고 핵심 찌르네요.

토비 경 아니지, 다리 허벅지 놀리기지. 어디 지랄춤을 춰 보게.

　　　〔앤드루 경 지랄춤을 춘다〕

　　하, 더 높이! 하 하, 멋지군.

　　　둘 다 퇴장

1막 4장

오시노 궁전

발렌타인, 그리고 〔세사리오로〕 남장한 비올라 등장

발렌타인 공작께서 자네한테 요즘 보이는 호의가 지속된다면, 세
　　　사리오, 진급이 빠를 게야. 자네를 안 지 딱 사흘이건만, 벌써
　　　친해졌잖은가.
비올라 그분이 기분 내키는 대로시거나 제가 의무를 게을리할까
　　　봐 염려되시는가 봐요. 그분 사랑의 지속성을 문제 삼으시니
　　　말예요. 그분의 호감은, 나리, 변덕이 심한가요?
발렌타인 전혀, 그건 걱정 말게.

공작, 큐리오, 그리고 시종들 등장

비올라 고마운 말씀이십니다. 공작께서 오시네요.
오시노 누구 세사리오 못 봤나?
비올라 여기 대령 중입니다. 주인님.
오시노 〔큐리오 및 시종들에게〕 잠시 물러가 있으라. 〔비올라에게〕 세
　　　사리오.
　　　　자네는 모든 걸 알고 있지. 나는 빗장을 끄르고 보여 주었
　　　네.

자네에게 심지어 내 은밀한 영혼의 내용까지.

그러니, 착한 젊은이, 가서 그녀를 만나 주게.

만나지 않겠다고 해도 그냥 돌아오지 말고, 그녀 문 앞에 버
티고 서,

그리고 사람들한테 말하는 거야, 자네 발이 뿌리를 내릴 거
다,

만나 줄 때까지 꿈쩍도 않을 거다, 그렇게 말야.

비올라 분명, 고결한 주인님,

그분이 그토록 슬픔에 자신을 내맡긴 상태라면,

소문대로라면, 그분이 결코 저를 만나 주지 않으실 텐데요.

오시노 소동을 피워, 공손함 따위 내팽개쳐 버리고 말야,

소득 없이 돌아오는 것보다는 낫지.

비올라 그분과 정말 이야기를 나누게 된다면, 그다음에는요?

오시노 오 그러면 풀어놓아야지, 내 사랑의 열정을,

기습하라고 그녀를, 내 소중한 믿음에 대한 논설로 말야.

자네가 내 구애를 행하여 주는 게 썩 어울릴 것 같거든—

자네 같은 젊은이 말에 귀를 기울일까,

늙수그레한 전령 갖고는 안 될 성싶단 말야.

비올라 전 그렇게 생각 안 하는데요, 주인님.

오시노 아닐세, 내 말이 맞아.

자넨 너무도 싱그러워서

도무지 사내처럼 보이질 않거든. 다이애나의 입술도

그리 부드럽고 루비처럼 붉진 않아. 수줍은 자네 목소리는

딱 처녀라구, 고음에다 갈라진 데가 없는 게,

그리고 모든 게 여자 성부 같지.

자네 천성 자체가 딱 맞는단 말야,

이 일에. 〔큐리오와 시종들에게〕 네댓 명이 그를 따르라.

뭐 전부 가도 좋고, 나로 말하자면

혼자 있을 때가 제일 좋거든. 〔비올라에게〕 이 일을 잘 해내면

자네는 자네 주인처럼 자유롭게 살게 되리로다,

내 재산을 자네 것처럼 누리며.

비올라 최선을 다해

그분께 사랑을 전하겠습니다—〔방백〕 하지만 탈도 많은 일

이로다—

누구에게 사랑을 전하든, 정작 이분 아내가 되고 싶은 건 나

니까.

모두 퇴장

1막 5장
올리비아 집

마리아, 그리고 광대 페스테 등장

마리아 어림없다, 네놈이 어디 있었는지 실토하지 않으면 네놈 변명 따위는 입도 뻥긋 안 해 줄 거야. 주인아씨가 자리를 비운 죄로 네놈 목을 매시겠지.

페스테 그러라지 뭐. 목을 잘 매인 놈은 도무지 색을 두려워할 일 없나니.

마리아 뭔 흰소리야.

페스테 눈에 뵈는 게 없단 말이다.

마리아 사순절 요리처럼 밋밋한 수작. '나는 색이 두렵지 않다'란 말이 어디서 생겨났는지 알고나 하는 소리냐?

페스테 어딘가요, 성 아줌마 마리아님?

마리아 전쟁 때 쓰는 깃발 얘기다. 감히 전쟁을 논하다니, 멍청한 네놈 따위가.

페스테 그랬던가, 하나님, 지혜가 있는 자에게 지혜 주시고, 바보인 자 바보 재능 쓰게 해 주소서, 새가 발톱을 쓰듯이.

마리아 어쨌거나 넌 교수형감이야, 그렇게 오래 자리를 비웠으니, 아니면 쫓겨나거나—그것도 모가지는 모가지지?

페스테 교수형이나 좆심 자랑이나 형편없는 결혼 예방엔 특효약
　　　이지. 그리고 쫓겨나는 문제에 대해 말하자면, 여름이니 좀
　　　낫겠지.

마리아 그럼 결심한 거야?

페스테 그건 아니고. 하지만 두 가지 만큼은 단호하지.

마리아 한쪽이 무너지면, 다른 쪽으로 버틴다는 거. 그렇지 않고
　　　양쪽 다 무너지면, 너른 바지춤이 볼기를 드러낸다는 거.

페스테 적절하군. 정말, 아주 적절한 표현이야. 자, 그만 가 보시
　　　게. 토비 경이 술을 끊으면 자네는 여느 일리리아 여자 못지
　　　않게 깜찍하고 현명한 배필감이겠으나 그가 술을 끊을 리 없
　　　으니.

마리아 닥치거라, 못된 놈, 거기까지. 주인아씨 오신다. 그럴듯하
　　　게 둘러대라구. 그게 좋을걸. 〔퇴장〕

　　　　　올리비아, 말볼리오와 시종들과 함께 등장

페스테 〔방백〕 지능이여, 그게 네 뜻이라면, 내가 바보 노릇 잘하
　　　게 해 다오! 지능이 있다고 스스로 자부하는 자들이 툭하면
　　　바보 꼴이 되니, 그게 없다고 확신하는 나야말로 현명한 사람
　　　으로 비치기를. 퀴나팔루스도 그랬단 말씀야—멍청한 똑똑
　　　이보다 똑똑한 바보가 낫다. 〔올리비아에게〕 하나님의 축복이
　　　계시기를, 아씨.

올리비아 〔시종들에게〕 바보를 끌어내거라.

페스테 귀가 믹있냐, 이놈들? 아씨를 끌어내라.

올리비아 집어치워, 무미건조한 광대로다. 더 이상 보지 않겠다.
　　　더군다나, 갈수록 종잡을 수가 없고.

페스테 그 두 가지 결점은, 아씨, 술하고 좋은 충고로 고치면 되
지요. 건조한 바보한테 술을 주면, 바보가 건조하지 않을 테
고요. 종잡을 수 없는 건 스스로 고치라고 하세요. 그가 고치
면, 그는 더 이상 종잡을 수 없지 않죠. 스스로 고칠 수 없다
면, 수선쟁이를 부르면 되고요. 고친다는 건 일체 땜질이죠.
선을 넘은 미덕은 단지 죄로 땜질할 뿐이고, 죄를 고친다는
건 단지 미덕으로 땜질하는 거구요. 이런 단순한 삼단논법으
로 된다면, 됐구요. 안 된다면, 어쩌겠습니까? 진정한 오쟁이
는 모두 재앙이듯, 아름다움은 백일홍인 법. 아씨가 바보를
끌어내라시잖느냐, 그러므로 다시 말하노니, 아씨를 끌어내
라.

올리비아 이봐, 나는 너를 끌어내라고 한 거야.

페스테 한참 잘못 찍으셨네요! 아씨, 라틴어 속담에 '쿠쿨루스 논
파시트 모나쿰'이라 했습니다. 고깔 달린 겉옷 걸쳤다고 다
수도사가 아니라는 거죠—이 말은 내가 머릿속도 광대 차림
은 아니라는 거예요. 착하신 아씨, 제가 증명해 보일게요, 아
씨가 바보라는 걸.

올리비아 네놈이 그럴 수 있다고?

페스테 하다마다요, 아씨.

올리비아 증명해 봐.

페스테 그렇담 아씨께 교리문답을 해야겠군요. 착하고 정숙한 이
쁜이, 내게 답해 보렴.

올리비아 내 참, 좋아, 다른 소일거리도 없으니 그래 네 말을 들어
보자꾸나.

페스테 착하신 아씨, 뭣 때문에 당신은 애도하시나요?

올리비아 이런 바보 놈을 보았나. 내 오빠가 돌아가셨기 때문이지.

페스테 그분 영혼은 지옥에 있을 겁니다. 아씨.

올리비아 천국에 있느니라. 바보.

페스테 그렇담 더 바보죠. 아씨 오빠분 영혼이, 천국에 있는 걸 애도하시다니요. 바보를 끌어내게. 자네들.

올리비아 이 광대 어때 보여요. 말볼리오? 좀 나아지지 않았나요?

말볼리오 그렇습니다. 그리고 죽음의 고통에 뒤흔들릴 때까지 그렇겠지요. 노망은, 현명한 자들을 망가트린다지만, 바보는 더욱 바보로 만드니까요.

페스테 하나님께서, 이놈, 네게 빨리 노망을 보내 너를 더 바보 같은 바보로 만들면 좋겠구나. 내가 여우가 못 된다고 확언을 하실 토비 경께서도 네가 바보가 아니라는 내기에는 2페니도 안 거실 것이다. 이놈.

올리비아 응대를 해야죠. 말볼리오?

말볼리오 정말 어이가 없습니다. 아씨께서 이런 쓸데없는 놈한테 재미를 느끼시다니. 저번 날 봤더니 이놈은 돌대가리 평범한 바보한테도 꼼짝을 못하더라고요. 보세요. 벌써 꼬리를 내렸잖습니까. 아씨께서 웃어 주고 빌미를 만들어 주시니 그렇지, 아니면 이놈은 입에 재갈이 물린 꼴이라구요. 아무리 현명하단들 이런 인위적인 바보들한테 환성을 지른다면 광대 조수에 불과하다는 거죠.

올리비아 오, 당신은 왕자병 기가 있군요. 말볼리오. 그리고 식욕도 없는데 음식을 먹는 격이구요. 너그럽고 죄가 없고, 또 성정이 온후하다는 건 대포알 정도를 무딘 새잡이 화살 정도로 치부한다는 건데. 허가받은 광대는 진종일 욕만 한단들 중상 모략일 것은 없어요. 저명한 현자가 진종일 꾸짖는단들 욕이랄 게 없고요.

페스테 사기꾼 머큐리께서 근사한 거짓말 재주를 주셨군, 바보를 칭찬하시다니.

  마리아 등장

마리아 아씨, 문 밖에 어떤 젊은 신사가 아씨 뵙기를 몹시 원하고 있습니다.

올리비아 오시노 공작이 보낸 사람이겠지?

마리아 모르겠어요. 아씨. 잘생긴 청년이에요, 시종들도 근사하고요.

올리비아 누가 그를 상대하고 있지?

마리아 토비 경요, 아씨, 아씨의 친척분이 대하고 있습니다.

올리비아 아스시라 하게, 제발, 그분은 헛소리뿐이야. 미치겠네. 가 보세요, 말볼리오. 공작이 들이는 청이면, 아프다고 하세요. 아니면 집에 없다고 하거나─아무 핑계든 대서 돌려보내요.

  〔말볼리오 퇴장〕

  이제 알겠지, 이놈, 네 광대짓이 이젠 시시껄렁하다구, 그래서 사람들이 싫어해요.

페스테 칭찬은 마치 아씨 맏아들한테 광대짓이라도 시킬 것처럼 하셔 놓고요. 아씨, 주피터께서 그 골통에 뇌를 잔뜩 쑤셔 넣겠지요, 왜냐면─마침 그가 오는군요─

〔토비 경 등장〕

　　아씨 친척 한 분은 뇌세포가 아주 빈약하거든요.

올리비아　맙소사, 반쯤 술에 절었군. 문에 있는 게 누구예요, 아저씨?

토비 경　신사.

올리비아　신사? 어떤 신사요?

토비 경　여기 신사. 〔트림을 한다〕 청어 피클은 정말 지랄 같다니까! 〔페스테에게〕 어떠냐, 술고래?

페스테　안녕하슈, 착한 토비 경.

올리비아　아저씨, 아저씨, 어쩌다 이리 이른 시간에 고주망태가 되셨어요?

토비 경　고주음탕? 난 음탕은 싫어. 문에 누가 왔더라.

올리비아　그래요, 정말, 누구래요?

토비 경　지 맘이지 뭐 악마라도 난 상관없어. 내게 신앙만 주면 돼. 그래, 상관없지. 〔퇴장〕

올리비아　술 취한 사람은 뭐 같지, 광대?

페스테　익사한 사람 같고, 바보 같고, 그리고 미친놈 같죠—정량보다 한 잔 더 마시면 바보가 되고, 두 잔이면 미치고, 석 잔이면 술통에 빠지는 거니까.

올리비아　가서 검시관을 찾아봐, 그리고 내 아저씨를 살펴보라 이르게, 세 번째 단계니까, 익사 상태라구. 어서 찾아보시게.

페스테　아직은 미친 정도예요, 아씨, 그리고 바보가 광인을 돌보는 법. 〔퇴장〕

　　　말볼리오 등장

말볼리오 아씨, 저쪽 청년이 말씀을 여쭙겠다고 부득불 우기는군
요. 아씨께서 편찮으시다고 했는데도요—자기가 다 알고 있
노라, 바로 그래서 말씀을 나누고자 왔노라, 막무가냅니다.
잠이 드셨다고 했지요—그것도 이미 다 안다, 바로 그래서 말
씀을 나누려는 거다. 그자에게 뭐라 할까요, 아씨? 제가 안
된다 해도 택도 없다는 눈치입니다.

올리비아 나와 얘기를 할 수 없다고 하세요.

말볼리오 그렇게 말을 했지요, 했는데 그자는 행정관 댁 앞 빈 초
소나 긴 의자 버팀대처럼 서 있을망정, 죽어도 아씨와 얘기를
나눠야겠다는 겁니다.

올리비아 어떤 사람이던가요?

말볼리오 뭐, 인간 종자죠.

올리비아 어떤 부류냐고요?

말볼리오 매너가 막돼먹었죠. 아씨와 얘기를 하겠다, 아씨가 원튼
원치 않튼 그러겠다는 거 아닙니까.

올리비아 생김새는, 그리고 나이는요?

말볼리오 사내라기엔 좀 젊고, 그렇다고 소년이랄 만큼 어린 것도
아니고, 완두꼬투리 이전의 덜 자란 완두꼬투리, 아니면 거의
과일이 다 된 설익은 과일이랄까. 소년과 어른 사이 간만 차
에 있는 셈이죠. 얼굴은 잘생겼어요, 말솜씨가 예리하고, 젖
살이 별로 빠지지 않았지요.

올리비아 오라 하세요. 시녀를 불러 주시고요.

말볼리오 어디 계신가 시녀분, 아씨가 부르시오. 〔퇴장〕

마리아 등장

올리비아 베일을 이리 줘요. 자, 내 얼굴에 씌어 줘.

　　　　오시노 공작 사절 얘기를 한 번 더 들어 주자구.

　　　　　　비올라(세사리오로서) 등장

비올라 이 댁의 명예로운 주인아씨, 어느 분이 그분이십니까?

올리비아 내게 말하세요, 내가 그분 대신 답하리다. 무슨 일이오.

비올라 참으로 빛나는, 오묘한, 그리고 비길 바 없는 미인이시
　　　여.―간청하노니, 당신께서 이 댁 아씨이신지 말해 주십시오.
　　　저는 그분을 뵌 적이 없으니까요. 제 말이 헛되이 내던져진다
　　　면 그런 낭패가 없겠습니다. 문장이 탁월한 것도 그렇지만,
　　　제가 그것을 외우느라 들인 공이 이만저만이 아니거든요. 착
　　　하신 미녀분들, 저를 조롱하지 말아 주십시오. 제가 매우 민
　　　감하답니다. 아주 사소한 푸대접에도요.

올리비아 어디서 오신 분이죠?

비올라 전 암송한 것 말고는 드릴 말씀이 별로 없습니다. 그리고
　　　그 질문은 제가 맡은 역할 밖입니다. 착하신 숙녀분, 숙녀분
　　　께서 이 댁 아씨시라는 적절한 확신을 제게 주소서, 그래야
　　　제가 말씀을 계속 드리겠나이다.

올리비아 당신 연극배우인가요?

비올라 아닙니다, 결코. 그렇지만, 현명하신 숙녀분―악의의 이
　　　빨 그 자체를 걸고 맹세컨대―저는 제가 연기하고 있는 그 사
　　　람은 아니죠. 숙녀분께서 이 댁 주인아씨이신지요?

올리비아 내가 내 자신을 찬탈한 게 아니라면, 주인 맞아요.

비올라 숙녀분께서 주인이 맞다면 참으로 아씨께서는 자신을 찬
　　　탈하신 게 분명합니다. 베풀어야 할 것을 움켜쥐고 계시는 셈

이니까요. 하지만 이 말은 제 본분을 벗어났군요. 아씨께 우선 찬사를 올리고, 그러고 나서 제가 전달할 내용의 핵심을 말씀드리지요.

올리비아 곧장 용건을 말하시오, 찬사는 생략해도 좋소.

비올라 저런, 그걸 외우느라 얼마나 힘이 들었는데요, 게다가 내용이 참으로 시적입니다.

올리비아 그럴수록 꾸민 것이기 십상이지, 부탁이니 접어 두시오. 당신이 내 집 문 앞에서 막무가내였다고 들었소, 그리고 내가 이리로 오게 한 것은 무슨 말을 듣자는 것보다는 대체 웬 자인가해서였소. 완전히 미쳤다면 썩 물러가시오. 정신이 말짱하다면, 짧게 말하세요. 난 이렇게 달밤에 체조하듯 대화하는 데 익숙할 만큼 넋이 나간 여자는 아니거든요.

마리아 자, 돛을 올리실까, 젊은이? 이리로 나가면 되시네.

비올라 아뇨, 착한 자루걸레 선원 양반, 난 여기서 좀 더 둥실댈 참이오.

   〔올리비아에게〕이 거인 호위병분을 좀 진정시켜 주시지요, 상냥하신 아씨. 아씨의 마음을 일러 주소서, 저는 전령입니다.

올리비아 물론, 자기소개가 그리 요란굉장했으니 뭔가 무시무시한 중대사를 전달하러 왔겠죠. 말해 보세요, 무슨 일인지.

비올라 아씨 혼자 들으시면 될 사안입니다. 제가 전할 것은 선전포고도, 조공 재촉도 아닙니다. 제 손에 올리브 잎새가 들려 있습니다. 드릴 말씀도 내용도 평화로 가득 차 있지요.

올리비아 하지만 시작은 불손했잖소. 당신은 뭐하는 사람이오? 어쩌려는 거요?

비올라 제가 표한 불손은 이 댁에서 그렇게 대접을 받다 보니 배운 것입니다. 제가 뭐하는 사람이고 어쩌려는 것인지는 처녀성만큼이나 비밀스럽습니다. 아씨 귀에는 신성함이요, 누구든 다른 사람들한테는 신성 모독으로 들릴 테구요.

올리비아 〔마리아 및 시종들에게〕 자리를 피해 주세요들. 이 신성이라는 거 한번 들어 보게요.

〔마리아와 시종들 퇴장〕

자 그럼, 설교문을 읊어 보시죠?

비올라 참으로 친절하신 아씨ㅡ.

올리비아 위로가 되는 구절이로군요. 훌륭해요. 어디 있는 설교문이죠?

비올라 오시노 님 가슴속이죠.

올리비아 그분 가슴속? 그분 가슴 몇 장에?

비올라 같은 방식으로 답해 드리자면, 그분 가슴 제 1장에.

올리비아 오, 그건 읽어 봤어요. 이단이더군요. 더 하실 말씀 있나요?

비올라 착하신 아씨, 얼굴을 보여 주십시오.

올리비아 당신 주인이 내 얼굴과 협상을 벌이라던가요? 그건 설교문과 무관한 것이죠. 하지만 내가 커튼을 걷고 초상을 보여 드리는 걸로 하죠.

〔베일을 벗는다〕

보세요, 전령 양반, 이게 현재 시각 내 모습이죠. 잘 그리지 않았나요?

비올라 잘 그리다마다요. 하나님이 모든 걸 그리하신 거라면.

올리비아 화장이 아니고 천연 염색이오, 전령 양반, 비바람에도

색이 바래지 않을 거요.

비올라 색 배합이 진정 아름답습니다, 빨강과 하양을
숙련된 자연의 손이 직접 물들였군요.
숙녀시여, 정말 세상에 둘도 없이 잔인하십니다,
이런 기품과 아름다움을 그냥 무덤으로 이끌 뿐
세상에 사본 한 장 안 남기려 하시다니요.

올리비아 오 저런, 설마 그렇게 매정할 리가. 전 제 아름다움의 여
러 가지 목록을 낼 거예요. 재산 목록을 만들고 모든 항목과
집기들을 유서에 명시해야죠. 이를테면, 품목, 입술 두 쪽, 약
간 붉음, 품목, 회색 눈 두 알, 뚜껑이 있음, 품목, 목 하나, 뺨
하나, 그런 식으로 말예요. 제게 찬사를 바치라고 이리로 보
내시던가요?

비올라 이제 알겠습니다, 아씨 사정을, 너무 도도하신 게 문제군
요.
하지만 설령 악마일지라도, 아씨는 어여쁘십니다.
제 주인 나리께서 당신을 사랑하십니다. 오, 이런 사랑은
보답할밖에 없어요, 비록 아씨께서 쓰고 계신 왕관이
비길 바 없는 아름다움의 왕관이라고 해도 말입니다.

올리비아 이런 사랑이라니 어떤 사랑인데요?

비올라 경배하는, 눈물이 마를 날 없는,
사랑 천둥의 신음을 내뱉는, 한숨이 불같은 사랑이죠.

올리비아 당신 주인은 제 마음을 잘 알아요, 그분을 사랑할 수 없
다는 걸요.
하지만 덕이 높은 분이라 생각해요, 숭고하신 분인 걸 알고
요,

재산이 많고, 싱싱하고 흠 없는 젊음의 소유자시고,

평판 좋고, 너그럽고, 학식 있고, 또 용감하시고,

그리고 몸피며 외모가

휜칠한 분이시죠. 그렇지만 전 그분을 사랑할 수 없어요.

이미 오래전에 대답을 들으셨을 텐데요.

비올라 만일 제가 제 주인님의 열정으로 마님을 사랑한다면,

이런 고통으로, 이렇게 죽음 같은 생명으로 마님을 사랑한다면,

마님의 거절은 어처구니없다고 느낄 겁니다,

도무지 이해가 안 될 거예요.

올리비아 안 된다면, 어쩌시려구요?

비올라 당신 문 옆에 버드나무 오두막을 짓지요,

그리고 집 안에 든 내 영혼을 방문합니다,

거절당한 사랑의 충성스런 노래를 짓지요,

그리고 그 노래를 크게 불러 댑니다. 심지어 한밤중에도

당신의 이름을 외쳐 대죠, 메아리치는 구릉에다,

그리고 들리는 것만 조잘대고 수군대는 공기가

'올리비아!' 외치게 만들죠. 오, 당신은 쉬지 못하죠,

공기와 땅의 요소들 사이에서

오로지 저를 불쌍히 여길 밖에 없죠.

올리비아 굉장하겠군요.

당신은 어떤 가문 출신이죠?

비올라 제 운보다 높은 가문입니다, 지금의 사회적 신분도 괜찮지만요,

신사 신분입니다.

올리비아 주인께 돌아가세요.

　　전 그분을 사랑할 수 없어요. 다신 사람 보내지 말라 하세요.

　　다만, 혹시, 당신이 다시 제게 와서

　　그분이 어떻게 받아들이는지 알려 주려는 거면 또 몰라도. 잘 가세요.

　　수고에 감사드려요. 〔지갑을 내밀며〕 제가 드리는 겁니다.

비올라 저는 고용된 전령이 아닙니다, 아씨. 도로 넣으세요.

　　제 주인님이죠, 제가 아니라, 보상이 모자란 쪽은.

　　사랑이 그의 가슴을 부싯돌로 만들고 그것을 아씨가 사랑케 하기를,

　　그리고 아씨의 열정이, 제 주인의 그것과 같이

　　경멸 받기를. 안녕히 계십시오, 아름다운 잔혹이시여. 〔퇴장〕

올리비아 '당신은 어느 가문 출신이죠?'

　　'제 운보다 높은 가문입니다. 지금의 사회적 신분도 괜찮지만요.

　　신사 신분입니다.' 분명 그럴 거야.

　　저 사람의 말, 얼굴, 팔다리, 행동거지, 그리고 기백이

　　다섯 겹 문장 노릇을 해 주고 있어. 너무 빨라. 기다려, 기다려—

　　주인이 하인이라면. 어떻게 된 거지?

　　이렇게 급작스레 사랑의 병에 걸릴 수도 있는 건가?

　　이 완벽한 청년분이 보이지 않게 교묘한 도둑질로 내 눈을 통해

　　내 안으로 스며드는 게 느껴지는 것 같아. 그래, 할 수 없지.

여기 좀 와 봐요, 말볼리오.

　　　말볼리오 등장

말볼리오　예, 아씨, 대령하였습니다.
올리비아　빨리 쫓아가 보세요 그 고집불통 전령,
　　　공작의 하인을. 이 반지를 두고 가네요,
　　　내 의사는 개의치도 않고. 필요 없다 그러세요.
　　　공작한테 쓸데없는 격려 하지 말라 그러고,
　　　희망에 들뜨게도 말라 이르세요. 난 그분 짝이 아녜요.
　　　혹시 그 청년이 내일 이리로 와 준다면
　　　그 이유를 말해 주겠노라 전하세요. 서둘러요, 말볼리오.
말볼리오　아씨, 분부대로 하겠습니다. 〔한쪽 문으로 퇴장〕
올리비아　뭐가 뭔지 모르겠어, 그리고 두려워. 내 눈이
　　　제정신에는 너무 엄청난 아첨꾼을 받아들인 건 아닌지.
　　　운명이여, 네 힘을 보여 다오. 우리 자신을 우리가 소유하는
　　　건 아니지.
　　　정해진 것이 벌어질 뿐, 그러니 이 일도 그런 것이기를.

　　　다른 문으로 퇴장

제2막

오 시간이여, 네가 이 실타래를 풀어야겠다, 난 못해.
내가 풀기에는 매듭이 너무 단단하다.

2막 1장
일리리아 해변 근처

안토니오와 세바스찬 등장

안토니오 떠나신다구요, 저의 동행도 원치 않으시고요?

세바스찬 괜찮으시다면, 사양하겠습니다. 내 별은 어둡거든요. 내 운명의 악영향이 당신한테까지 전염될까 두렵소. 그러므로 정중히 청컨대 내가 내 불운을 혼자 짊어지게 해 주시오. 불운을 당신과 나눈다면 그건 사랑에 대한 배은망덕이죠.

안토니오 하지만 행선지라도 알려 주시면.

세바스찬 안 되오, 정녕코, 선장. 정해진 내 여행이라고 기껏 해 봐야 하는 일 없이 방황하는 것뿐이죠. 하지만 선생의 마음 씨가 참으로 공손한 듯하니 내가 입을 다문다고 강제로 열지는 않으시겠지요. 그러니 제가 스스로 신분을 밝히는 게 도리에 더 맞을 듯합니다. 그러면 분명 저를 아실 겁니다, 안토니오, 제 이름은 세바스찬입니다. 로데리고라고 했지만요. 당신도 이름을 들어 보았을 메살린의 세바스찬이 제 아버님이시고요. 그분은 자식으로 저와 여동생을 남기셨죠. 한날 한시 쌍둥이로요. 하늘이 무심치 않으셨다면, 끝도 한날 한시였을 것을. 하지만 선장, 당신이 그걸 바꾸어 놨어요, 밀리

는 파도에서 저를 구해 주시기 얼마 전에 그녀는 익사했거든
요.

안토니오 오 이런 날이 있다니!

세바스찬 숙녀였죠, 선장, 그녀가 나를 쏙 빼닮았다는 사람도 있
었지만, 숱한 이들이 그녀를 아름답다고 여겨 주었소. 사람들
이 하는 칭찬을 그냥 곧이곧대로 믿을 수는 없지만, 감히 이
점만은 단언할 수 있소. 그 애 심성은 너무도 고와서 악의조
차도 인정하고 말 정도요. 그 애는 이미 익사했습니다, 선장,
바닷물 속으로. 그런데 내가 그녀의 추억을 더 많은 바닷물로
익사시키는 것 같구려.

안토니오 용서하십시오, 나리, 제가 미처 알아 모시지를 못했습니
다.

세바스찬 오 착한 안토니오, 수고를 끼쳐 미안하오.

안토니오 제 사랑 때문에 저를 죽이시려는 게 아니라면, 저를 하
인으로 받아 주십시오.

세바스찬 선장이 하신 일을 되돌리려는 게 아니라면—즉, 구해
준 사람을 다시 죽이려는 게 아니라면—그래서는 안 되죠.
어서 가시오. 내 가슴은 부드러움으로 넘쳐 나오, 그리고 난
아직도 어머니 쪽에 가까워서 툭하면 눈물이 내 감정을 고
자질한다니까요. 나는 오시노 공작 궁으로 갑니다. 잘 가시
오. 〔퇴장〕

안토니오 온갖 신들의 은총이 나리와 함께하기를!
    난 오시노 궁에 적들이 많아,
    그렇지 않으면 당장이라도 그리로 쫓아가련만.
    하지만 무슨 일이 닥치든, 내가 저 나리를 워낙 사모하므로

위험도 운동 경기처럼 보이겠지, 그래 가 보는 거야.

퇴장

2막 2장
올리비아의 집과 오시노의 궁전 사이 어느 거리

비올라〔세사리오로서〕와 말볼리오 각기 다른 문으로 등장

말볼리오 방금 전 올리비아 아씨와 얘기를 나눈 분 아니시오?
비올라 방금 전이랄 것도 없죠. 보통 걸음으로 걸어서, 여기까지
　　밖에 못 왔으니까요.
말볼리오 〔반지를 내밀며〕 아씨께서 이 반지를 자네한테 돌려주라
　　시더군. 이렇게 나한테 수고 끼치지 않고 직접 갖고 왔으면
　　좀 좋은가. 덧붙여 아씨 말씀은, 아씨한테는 그분 생각 전혀
　　없다고 확실히 못을 박아 달라는 게야. 그리고 하나 더. 자네
　　감히 다시는 자네 주인 일로 오지 말라시네. 자네 주인이 이
　　거절을 받아들였다는 보고를 하러 온다면 또 몰라도 말야. 그
　　러니 받게.
비올라 아씨가 나한테서 반지를 받으셨오. 돌려받을 게 아니오.
말볼리오 받으라구. 자네가 반지를 부득불 내던지고 갔으니 같은
　　식으로 돌려주라는 말씀이셔.
　　　〔반지를 땅에 던진다〕
　　몸을 굽혀 주울 가치가 있는 거면, 그렇게 하시게. 눈에 보
　　이잖나. 아니면, 두 눈 멀쩡한 누구든 주워 가게 두든지. 〔퇴

장)

비올라 〔반지를 주워 들며〕 난 반지 안 두고 왔는데. 무슨 말씀이시
지?

　내 외모에 반하셨다면 큰일이네.

　나를 아주 찬찬히 살피셨어, 정말 너무 그래서

　그분 두 눈이 곧바로 그분 말문을 막아 버린 것 같았다니까,

　그러니 말투가 깜짝깜짝 놀란 듯, 넋이 나간 듯했지.

　그녀는 날 사랑해, 분명. 그녀의 열정이 교묘한 술수를 부려

　나를 부르는 거야. 이 촌뜨기 전령을 통해서.

　내 주인의 반지라니! 그런 건 보내신 적이 없어.

　사내인 나한테 사랑에 빠진 거야. 그렇다면―사실이 그런
데―

　불쌍한 아가씨, 차라리 꿈을 사랑하는 게 더 나았을 것을!

　변장이여, 너야말로 사악함이로다.

　그 안에서 잉태한 악마가 마구잡이로 설치는.

　얼마나 쉬운가, 적당한 가식으로

　여인네 밀랍 심장에 그 형태를 도장 새기는 일은!

　아, 우리의 연약함이 원인이야, 우리 탓이 아냐,

　연약함으로 지어졌으니, 연약할밖에.

　일이 어떻게 돌아가는 거지? 주인님은 그녀를 끔찍하게 사
랑하셔,

　그리고 나, 불쌍한 양성 괴물은, 못지않게 주인님께 홀딱 빠
졌고,

　그런데 그녀는, 잘못 알고, 내게 홀딱 빠진 것 같아.

　어찌 되려고 이러지? 나는 남자이므로,

주인님의 사랑을 얻기에는 상태가 절망적이지.
나는 여자이므로, 이제, 오 맙소사,
불쌍한 올리비아는 쓸데없는 한숨만 짓겠구나!
오 시간이여, 네가 이 실타래를 풀어야겠다. 난 못해.
내가 풀기에는 매듭이 너무 단단하다.

    퇴장

2막 3장
올리비아의 집

토비 경과 앤드루 경 등장

토비 경 이리 오게, 앤드루 경. 자정이 넘어도 자지 않는 게 바로 일찍 일어나는 거란 말씀, 일찍 일어나는 게 보약이다, 그 말 알지.

앤드루 경 알긴 개코를 알아. 하지만 늦도록 안 자는 건 늦도록 안 자는 거지.

토비 경 논리상 틀린 결론이야. 채워지지 않은 술병처럼 역겨운 거. 자정을 넘기고 난 후 침대에 드는 건 이르지, 그러니 자정 후 침대에 드는 건 일찍 침대에 드는 것이다 이 말이야. 우리 인생은 4원소로 이뤄져 있는 것 아닌가?

앤드루 경 그렇지, 사람들 말은 그렇지, 그런데 사실 먹고 마시는 걸로 인생이 이뤄지는 것 아닌가 싶어.

토비 경 학자가 따로 없군. 그러니 우리 먹고 마시자고. 매리언, 여봐라. 두 홉짜리 포도주 한 병.

광대 페스테 등장

앤드루 경 바보가 오네, 진짜.

페스테 어렵쇼, 이것들. '우리 셋' 그림을 그리자는 게야 뭐야?

토비 경 어서 오게, 머저리. 돌림노래나 불러야겠군.

앤드루 경 정말이지 이 바보, 목소리 하나는 기가 막혀. 이 바보처럼 춤추기 좋은 다리에 그 부드러운 목소리면 40실링을 주어도 아깝지 않지. 정말, 자네 어젯밤 광대 짓 한번 본때 있더군, 뭐 피그로그로미투스가 어쨌다고? 키이버스의 적도를 베이피어 인들이 지나? 죽이더군, 정말. 애인 주라구 6펜스 보낸 거 받았나?

페스테 좆만 한 액수라 내가 슬쩍했다. 말볼리오 코는 채찍 손잡이가 아니거든. 내 여자 손은 하얘, 그리고 뮈르미돈 용사들은 병맥주 집이 아니란 말씀.

앤드루 경 끝내준다! 정말 이건 최고의 광대 썰 아닌가, 뭐니 뭐니 해도. 이제 노래를 해 봐.

토비 경 에이, 빼지 말고, 6펜스 줄게. 한 곡조 뽑아.

앤드루 경 나도 6펜스. 기사 양반께서 주겠다 이거야—

페스테 난봉가가 좋겠나, 아니면 선행가?

토비 경 난봉가, 난봉가.

앤드루 경 맞아. 맞아. 난 선행 싫거든.

페스테 〔노래한다〕

　　오 내 사랑 어딜 헤매나?
　　오 길을 막고 들어라, 네 진짜 낭군 가신다.
　　　고음도 저음도 능란한 네 님이로다.
　　가던 걸음 멈추어라, 내 이쁜이,
　　여행의 끝은 사랑의 만남이란다,
　　　똑똑한 애비 밑에 바보 아들 모두 알지.

앤드루 경 끝내주게 좋았어, 정말.

토비 경 좋아, 좋군.

페스테 사랑이 무엇이더냐? 나중이란 없는 게 사랑이란다.

　　　　　오늘의 환락과 오늘의 웃음.

　　　　　　장차란 늘 불확실하지.

　　　　　질질 끌면 쪼들리는 법.

　　　　　그러니 키스해 줘, 이쁜이 스무 배 이쁜이,

　　　　　　젊음이란 오래 못 가는 물건.

앤드루 경 목청 좋고, 내가 진짜 기사인 것만큼이나.

토비 경 마음을 끄는 데가 있군.

앤드루 경 아주 달콤하고 전염성 있어, 정말.

토비 경 코로 듣는다면 달콤한 역병이겠군. 이번엔 진짜 하늘이
　　　　빙빙 도는 춤 어때? 직공 한 놈한테서 얼을 세 개씩 빼내는
　　　　돌림노래로 밤부엉이 놀래켜 주자고. 그래 볼까?

앤드루 경 그거 딱이네, 그러자구. 난 돌림노래 박사거든.

페스테 아무렴요, 기사 양반, 하긴 개들도 돌림노래 잘하는 놈들
　　　　이 있습디다만.

앤드루 경 내 말이 그 말 아닌가. '이 나쁜 놈'이란 거 어때.

페스테 '닥쳐라, 이 나쁜 놈', 기사 양반. 그 노래를 부르자면 기사
　　　　양반을 나쁜 놈이라 부르게 되는데.

앤드루 경 나를 나쁜 놈이라 부르지 않을 수 없게끔 만든 게 이번
　　　　이 처음은 아니지. 시작해, 광대. 시작은 '닥쳐라.'

페스트 닥치라면 내가 시작을 어떻게 하노.

앤드루 경 그놈 말재간 하난 일품이란 말야. 자, 시작해 봐.

> 그들이 돌림노래를 시작한다.
> 마리아 등장

마리아 아닌 밤중에 웬 고양이 야옹 소리람. 아씨께서 분명 집사 말볼리오를 불러 당신네들 밖으로 쫓아내라고 하셨을걸요, 아니면 내 손에 장을 지지죠.

토비 경 아씨는 되놈 사기꾼, 우리는 정치꾼, 말볼리오는 화류계, 그리고 '우리는 즐거운 삼인방.' 내가 한 핏줄이란 거 모르나? 내가 그 아이 친척인 거 몰라? 당찮게시리, '아씨'라니! '바빌론에 한 사내 살았네, 아씨, 아씨.'

페스테 염병, 뭔 기사가 광대짓 한번 대단하네.

앤드루 경 아문, 맘만 먹으면 꽤 하지, 나도 그렇고 말야. 그는 좀 더 꾸미는 편이지, 난 보다 자연스럽다고나 할까.

토비 경 '오 12월 12야에—.'

마리아 제발 좀 닥치세요.

> 말볼리오 등장

말볼리오 기사 양반들, 제 정신이오? 아님 뭡니까? 분별도, 예의도, 체신도 벗었다 이겁니까, 이 야밤에 부랑자 행패라도 부리자는 거요? 우리 아씨 댁이 선술집 같소? 목소리를 좀 낮출 생각은커녕, 돌림노래랍시고 구두 깁쇼 구두 깁쇼 같은 소리나 꽥꽥 지르게? 그래 때와 장소와 인물을 좀 가려야 할 거 아뇨, 나 이거야.

토비 경 우리 시간 박자는 딱 맞았어, 이놈아, 목매달고 죽을 놈 같으니라구!

말볼리오 토비 경, 단도직입적으로 말씀드려야겠네요. 아씨께서 전하시랍니다. 집안 어른이라 묵게 해 드리는 것이지 말썽 피워도 된다는 건 아니라구요. 불미스러운 행동에서 몸을 떼시면 얼마든지 집에 계셔도 좋답니다. 그렇지 않을 경우, 아씨를 떠나겠다고 한들 기꺼이 작별을 고하시겠다는 겁니다.

토비 경 '잘 있거라, 소중한 이여, 가야 할 것 같구나.'

마리아 그러셔요, 그러셔야지.

페스테 '그놈 눈을 보니 갈 때가 다 되었구나.'

말볼리오 정말 이럴 거요?

토비 경 '그러나 난 결코 죽지 않으리.'

페스테 '토비 경, 그건 거짓말.'

말볼리오 정말 꼴불견이 따로 없구려.

토비 경 '그놈을 보내 버려?'

페스테 '그래 봤자지.'

토비 경 '그놈을 보내 버려, 얄짤없이?'

페스테 '오 안 돼, 안 돼, 안 돼, 그렇게는 못하지.'

토비 경 자네 음정이 안 맞잖아, 구라 풀고 있네. [말볼리오에게] 그래 집사질이 그리 대단하다는 게냐, 이놈아? 그렇게 깨끗하고 고매한 놈이라 성당 과자나 맥주 따위 필요 없다는 거야?

페스테 말도 안 되지, 성모의 성모 이름으로. 그게 술이냐 음료수지.

토비 경 말씀 한번 잘하셨네. [말볼리오에게] 네놈은 가서 떡고물로 네놈 묶은 집사 사슬이나 닦거라, 남의 일 참견 말고. [마리아에게] 포도주 큰 잔으로 하나, 마리아.

말볼리오 마리아 양, 아씨 말씀이 우습게 들리지 않는다면 결코

이 망나니짓의 빌미를 주면 안 되오. 아씨께 고하겠소, 내가 직접. 〔퇴장〕

마리아 당나귀 귀를 흔들어 대든지 말든지.

앤드루 경 빈속에 한 잔 걸치는 것도 좋지만 저놈한테 결투 청해 잔뜩 긴장시켜 놓고 바람맞히는 맛도 못지않게 쏠쏠하겠는 걸.

토비 경 그거 재밌겠다. 내가 도전장을 써 주지, 아님 자네의 분노를 내 입으로 직접 전해 주든가.

마리아 착한 토비 경, 오늘 밤은 제발 참으세요. 오늘 공작님이 보낸 청년 때문에 아씨가 매우 심란하세요. 말볼리오 일이라면, 나한테 맡겨 두세요. 내가 살살 꼬드겨서 모두가 보는 앞에 망신살 뻗치게 만들어 줄 테니까, 그것도 못하면 난 침대에서 다리 뻗을 아이큐도 없는 년이죠. 두고 보시라고요.

토비 경 뭔데, 뭔데, 그에 대해 좀 아는 게 있나?

마리아 그럼요. 이따금씩 하는 꼴을 보면 그는 청교도 끼가 있어요.

앤드루 경 오 그걸 알았으면 개 패듯 패 주는 건데.

토비 경 뭐라, 청교도라는 이유로? 거 굉장한 이유네. 맘에 들어.

앤드루 경 굉장할 것까진 없지만, 충분한 이유는 되지.

마리아 그 작자 청교도건, 매양 장화나 핥아 대는 별 볼일 없는 놈이건 내 알 바 없고, 하여간 잰 체하는 당나귀라 책도 없이 근엄하고 요란꾕광한 말을 한못에 건초 베듯 읊어 대거든요. 그렇게 제 잘난 맛에 사는 자도 없지, 좋은 건 지 몸에 모두 꽉꽉 쟁여진 줄 알구, 그래서, 세상 사람들이 모두 자기를 보기만 하면 사랑에 빠진다고 믿고 있어요. 바로 그 점을, 그 약

점을 내가 파고들어 보기 좋게 복수하겠다 이거구요.

토비 경 어떻게?

마리아 그가 다니는 길목에 연애편지 비슷한 걸 떨어트려 두죠. 그 안에 수염 색깔이 어떻다는 둥, 다리 모양이 어떻다는 둥, 걸음걸이며 눈과 이마, 그리고 얼굴 표정이 어떻다는 둥 꼭 자기를 칭찬하는 것 같은 내용을 써 놓고 말예요. 우리 아씨, 토비 경 조카아씨 글씨 흉내를 내가 아주 잘 내거든요. 내용이 긴가민가하면 아씨와 내가 필체 구분을 못할 정도니까요.

토비 경 죽이는군, 뭔 말인지 감 잡았어.

앤드루 경 나도 냄새 맡았어.

토비 경 자네가 떨어트린 편지를 보고 그놈은 내 조카년이 보낸 걸로, 그 아이가 제놈을 사랑하는 걸로 생각할 거라 이거지.

마리아 내 말이 그 말이지.

앤드루 경 그런 다음 그놈을 당나귀 짝 나게 한다.

마리아 못하면 당나귀 소리고.

앤드루 경 아, 재밌겠다.

마리아 정말 볼만할 거예요. 분명 쥐약이고 직방이지. 제가 두 기사분을—그리고 제3자로 광대놈을—편지 발견 장소에 심어 놓아 드릴 모양이니까, 그자가 어떤 꼴을 할지 보세요. 오늘 밤은, 주무세요, 그 결과를 꿈으로 미리 보면서. 그럼 이만.

〔퇴장〕

토비 경 잘 자요, 아마존 여왕님.

앤드루 경 내 보기에, 괜찮은 년일세.

토비 경 순종 토끼 사냥개지, 게다가 나한테 푹 빠진. 어떻게 생각해?

앤드루 경 나한테 푹 빠진 적도 있었다구요.

토비 경 이제 가서 자세. 자넨 돈을 좀 더 보내라 그러고 말야.

앤드루 경 당신 조카딸을 얻지 못하면 난 무일푼 신세야.

토비 경 돈을 보내 달라 그러게. 자네가 우리 조카 꼬시는 데 정
　　　말 실패한다면, 날더러 니미 씹이라 해도 좋아.

앤드루 경 내가 그러나 안 그러나 두고 봅시다, 당신이 뭐라든.

토비 경 자, 자, 가서 몸을 녹이고 스페인산 포도주나 한잔하세,
　　　잠자리 들기엔 너무 늦었어. 가세, 기사 나으리.

　　　　　모두 퇴장

2막 4장

오시노 궁정

공작, 비올라(세사리오로서), 큐리오 및 기타 등장

오시노 음악을 들려 다오. 친구들, 좋은 아침일세, 안녕들 하신
　　　가.
　　　자 우리 세사리오, 바로 그 노래,
　　　어젯밤 우리가 들었던 그 괴상한 옛 노래 말야.
　　　그 노래가 내 번민을 크게 덜어 준 것 같아, 훨씬 나아
　　　이 경쾌하고 현란한 박자의
　　　가벼운 가락과 인위적인 표현보다는 말야.
　　　어서, 한 소절만.
큐리오 죄송합니다만, 그 노래 부를 사람이 없습니다.
오시노 누구였는데?
큐리오 광대 페스텝니다, 공작님. 올리비아 아씨 아버님께서 무
　　　척 총애하셨던 바보죠. 이 근처 어디 있기는 할 텐데요.
오시노 찾아오라, 그리고 그동안 선율을 연주하라. 〔큐리오 퇴장〕
　　　　　〔음악이 연주된다〕
　　　〔비올라에게〕 이리 오게, 자네. 자네가 사랑을 할 것이라면
　　　사랑의 달콤한 고통으로 나를 기억하게,

왜냐면 나라는 자, 사랑에 빠진 자 모두 그렇듯,

다른 온갖 감정이 흔들리고 들떠 있고,

오로지 항상적인 것은 그 사람의

영상뿐이라네, 사랑하는 그이의. 자넨 이 선율 어떤가?

비올라 사랑이 왕관을 쓰고 앉은 심장의

심금을 울리는군요.

오시노 절묘한 표현이로다.

내 살아온 날로 장담컨대 비록 자네 젊으나 자네의 두 눈

사랑하는 이의 얼굴 바라본 적 있구나.

안 그런가, 자네?

비올라 그런 셈입니다, 공작님.

오시노 어떤 여자였나?

비올라 공작님 비슷하게 생겼습니다.

오시노 그렇담 여자 쪽이 기울었을 터. 나이는?

비올라 공작님 비슷한 나이입니다.

오시노 너무 늙었다. 여자란 자기보다

나이가 많은 남자를 택해야지. 그래야 남편과 맞춤하고,

그래야 남편 마음에 사랑과 강짜가 균형을 이루는 법.

왜냐면, 자네, 우리가 아무리 자화자찬한단들,

사내들 애정이란 게 더 어지럽고 취약하고,

더 욕정적이고 갈팡질팡하고, 더 먼저 방황하고 진 빠지고,

그런 거 아닌가, 여자들보다 더.

비올라 그런 것 같습니다, 공작님.

오시노 그렇다면 자네 연인은 자네보다 어린 여자로 하게,

아니면 자네 애정의 활시위는 오래잖아 긴장이 풀리게 되

는 거야.

　　왜냐면 여자란 장미꽃 같아서

　　한번 꽃잎이 열리면 그 순간 져 버리고 말아요.

비올라　그렇군요. 그렇게 되는 거군요.

　　지는군요, 만개하려는 바로 그 순간에.

　　　　　큐리오와 광대 페스테 등장

오시노　〔페스테에게〕 오 친구, 불러 보게. 어젯밤 우리가 들었던 노

　　래 있잖나.

　　잘 들어 봐, 세사리오, 옛날의 평범한 선율이야.

　　방직공들, 햇빛을 쬐며 뜨개질하던 이들,

　　그리고 레이스 실패 감는 태평한 처녀들이

　　부르곤 하지. 별거 아닌데 마음이 누그러져,

　　사랑의 순수 운운하는 게

　　황금시대 같거든.

페스테　부를까요, 공작님?

오시노　앙청일세, 부르게.

　　　　　음악

페스테　〔노래한다〕 오라, 이리 오라, 죽음이여,

　　　　　　슬픈 사이프러스 관에 나를 뉘어 다오.

　　　　　지겨워, 지겨워, 나의 숨결,

　　　　　　예쁜 잔인한 처녀 나를 죽였네.

　　　　　새하얀 내 수의, 주목 가지 장식 수의를,

　　　　　　오 준비해 다오.

나만큼 사랑의 죽음에 값하는 자
　　　　더는 없도다.
　　　한 송이 꽃, 향기로운 한 송이 꽃도
　　　　뿌리지 마라, 내 검은 관 위에.
　　　한 명의 친구, 단 한 명의 친구도 맞지 마라,
　　　　내 불쌍한 관을, 내 뼈가 놓일 그 관을.
　　　천의 천의 한숨을 마다하노니,
　　　　내가 누울 곳은, 오
　　　슬프고 진정한 사랑이 결코 찾지 못할 곳,
　　　　내 무덤 앞에 울지 못할 곳.

오시노 〔돈을 주며〕 자네 수고에 대한 보답일세.

페스테 수고라뇨, 공작님, 전 노래 부르는 게 즐거운걸요, 공작
　　　님.

오시노 그렇다면 자네 즐거움에 대한 보답일세.

페스테 아무렴요, 공작님, 즐거움은 보답 받게 마련이죠, 언젠가
　　　는.

오시노 이제 그만 가 보시게.

페스테 이제 우울의 신 새턴이 공작을 돌보겠구나, 재단사는 꽉
　　　끼는 오색 비단 재킷 지어 올리고, 왜냐면 공작의 마음도 갖
　　　은 색 비치는 오팔이거든. 바닷속에 집어 던지면 정말 물 만
　　　난 듯 변화무쌍하고 도처가 목적지인 부류란 말이지, 아무리
　　　여행을 해 봐야 말짱 헛거라. 안녕히 계슈. 〔퇴장〕

오시노 다른 분들도 자리를 비켜 주시오.

　　　　〔큐리오 및 기타 퇴장〕

　　다시 한 번, 세사리오,

그 잔인한 주인한테 가서

말해 주게, 내 사랑은 세속과 무관하다고,

토지 따위를 노리는 게 아니라고.

행운이 그녀에게 물려준 그 재산들을

나는 변덕스러운 운 바로 그것처럼 가볍게 여긴다고,

내 영혼을 매료시킨 것은 그런 게 아니라 자연이 그녀에게 선사한

그 신비한, 보석 중의 보석이라 할 아름다움 때문이라고.

비올라 하지만 아씨께서 공작님을 사랑할 수 없으시다면요?

오시노 내가 그런 응답을 받을 리 없네.

비올라 아니, 그럴 수도 있어야 맞죠.

어떤 여인이, 그럴 수도 있잖아요, 공작님을 사랑하기 때문에

아씨 때문에 공작님이 받는 것만큼이나 큰

고통을 겪고 있다면. 공작님이 그 여인을 사랑할 수는 없잖아요.

그렇게 답하실 테고요. 그녀 사랑도 응답받아야 하는 거 아녜요?

오시노 여자는 다르지, 어떤 여자의

심장도 이렇게 쿵쾅거려서는 터져 버릴 거야,

내 사랑의 박동처럼 쿵쾅거려서는. 어떤 여자도 심장이

아무리 커 봤자, 이걸 견딜 정도는 못 되지. 지속성이 없거든.

아아, 여자들의 사랑이란 식욕 같은 건지 몰라,

간에서 비롯되는 진정한 사랑이 아니라 입맛을 다시는,

실컷 먹은 다음, 다시 보기 지겨워지는.

하지만 내 사랑은 바다처럼 내내 배가 고프다네,

그리고 바다만큼 소화력이 엄청나지. 비교하지 말게,

한 여인이 나를 향해 지닐 수 있는 사랑과

올리비아에 대한 나의 사랑을.

비올라 그렇겠죠, 하지만 제가 알기로―.

오시노 자네가 뭘 안단 말인가?

비올라 너무도 잘 알죠, 여인이 사내에게 품는 사랑이 어떤 것인지.

정말, 그들의 가슴은 우리 못잖게 진실합니다.

내 아버지 딸이 한 사내를 사랑했는데

그런 것 같더라구요. 아마도, 제가 여자라면

분명 공작님한테 그랬을 거구요.

오시노 그녀가 어떻게 됐는데?

비올라 전혀요. 공작님. 내게 한 번도 말해 주지 않으니까요,

하지만 그 숨김이, 봉오리 속 한 마리 벌레처럼,

파먹었죠. 그녀의 다마스크 장밋빛 얼굴을. 파리해졌죠, 상념으로,

그리고 초록색 노란색 우울의 자태로

앉아 있는 거예요, 환자 기념상처럼,

슬픔에 미소 지으면서. 이게 정말 사랑 아닌가요?

우리 사내들은 말이 더 많고, 맹세도 더 많죠, 하지만 정말

우리 겉모습은 본뜻보다 과하죠. 우리는 늘

맹세는 많아도, 사랑은 변변치 않잖아요.

오시노 그러면 자네 누이는 사랑 때문에 죽었나?

비올라 제 아버지한테 유일한 자식은 접니다. 딸이건,

　　　　아들이건 간에요. 하지만 전 잘 모르겠어요.

　　　　공작님, 제가 아씨께 가야 할까요?

오시노 그래 주게, 그게 본론이지,

　　　　서둘러 가게. 그녀한테 이 보석을 전해 줘. 전해,

　　　　내 사랑은 양보가 없고, 거절을 차마 견딜 수 없노라고.

　　　　각자 모두 퇴장

2막 5장
올리비아 저택 정원

토비 경, 앤드루 경, 그리고 파비안 등장

토비 경 따라오게, 파비안.

파비안 가고말고요. 이런 재미의 묘미를 놓치면 서늘한 우울증이
　　　저를 끓여 죽인단들 할 말이 없죠.

토비 경 그 쩨쩨하고 못되고 야비한 고자질꾼이 공개 망신을 당
　　　할 판이니 기분 째지지?

파비안 춤인들 못 추겠습니까, 나리. 여기서 곰 곯리기 시합했다
　　　고 그자가 꼰지르는 바람에 제가 아씨께 단단히 꾸중을 들었
　　　다는 거 아닙니까.

토비 경 곰을 다시 곯리는 거야, 화가 머리끝까지 나게 말야, 멍
　　　이 시퍼렇게 들 정도로 놀려 먹자구, 어때, 앤드루 경?

앤드루 경 안 하면 우리가 병신이지.

마리아, 편지를 들고 등장

토비 경 꼬마 악당께서 드디어 납시는군. 이렇게 되었나, 몸값이
　　　금값인 그대?

마리아 세 분 다 회양목 울타리 뒤로 숨으세요. 말볼리오가 이리

로 내려와요. 저쪽 뙤약볕에서 30분씩이나 자기 그림자에 대고 자세 연습을 하더라구요. 잘 보세요, 놀려 먹는 게 얼마나 재밌는지, 이 편지가 그의 얼을 완전히 뺄 거예요. 숨어요, 희롱의 시간이야.

〔사내들이 숨고, 마리아가 편지를 내려놓는다〕

　너는 여기 있거라. 아가미를 살살 긁어서 잡아 올릴 송어가 저기 오잖니. 〔퇴장〕

　　말볼리오 등장

말볼리오 이럴 수가, 이런 행운이. 마리아가 말한 적이 있어, 아씨가 정말 나한테 호감이 있으시다고. 그리고 아씨께서 몸소, 사랑에 빠질 것이라면 나 같은 인상의 사낼 거라는 말씀도 해주셨고, 게다가 다른 시종 누구보다도 내게 더 깍듯이 대하시지 않던가 말야. 그걸 어떻게 생각한다?

토비 경 저런 시건방진 놈 보았나.

파비안 오, 쉿! 엉뚱한 생각으로 혼자 잰 체하는 데는 저만 한 놈이 없다니까요―공작인 양 깃털 세우고 뒤뚱대는 칠면조 꼬라지가 따로 없구만!

앤드루 경 맹세코, 내가 저놈을 아작내겠어.

토비 경 조용하라니까.

말볼리오 백작님이라!

토비 경 저런, 못된 놈.

앤드루 경 어디 권총 없나, 권총.

토비 경 조용, 조용.

말볼리오 선례가 있어. 스트랫치 백작 부인이 의상 관리인과 결혼하셨단 말이지.

앤드루 경 저 망할 놈, 언감생심도 유분수지.

파비안 조용. 이제부터가 진짜예요. 공상으로 몸이 부풀어 오르는 꼴을 보시라구요.

말볼리오 그녀와 결혼 석 달이면, 내 권좌에 앉아서―.

토비 경 어디 석궁 없나, 저놈 눈을 쏴 버려야지.

말볼리오 집안 하인들을 거느리고 말야, 나뭇가지 무늬 장식 벨벳 가운을 걸치고, 잠자리에서 이제 막 나오는 거지, 올리비아는 그냥 자게 두고 말씀이야―.

토비 경 벼락 맞아 뒈질 놈!

파비안 아 조용, 조용하세요.

말볼리오 그리고, 그런 다음 군주의 위엄을 한껏 풍기는 거라, 그리고―근엄한 눈초리로 방안을 둘러보면서, 그들이 자신의 처지를 알아야 하듯 나는 내 신분을 아노라 하는 당당한 투로―내 친척 토비를 대령시키라 명하는 거지.

토비 경 잡아 죽일 놈!

파비안 아 조용, 조용, 조용, 자, 자.

말볼리오 굽실대는 하인 놈 한 일곱쯤 그를 찾아 나서겠지. 난 잠시 얼굴을 찌푸린다, 그리고 시계태엽을 감거나, 아니면―〔가슴의 집사 사슬을 만지다 아차 하며〕값비싼 보석 같은 거를 만지작대는 거지. 토비가 다가와, 내게 절을 하고 말야.

토비 경 죽여 달라고 용쓰는 거냐?

파비안 양팔을 수레로 당기며 말하라고 고문을 하더라도 입 닫아요, 제발.

말볼리오 그에게 내 손을 이렇게 내밀어, 친근한 미소를 엄한 절

제의 눈초리로 끄면서—.

토비 경 토비가 네 아구창을 갈겨 버릴 텐데?

말볼리오 그리고 말하지 '처숙 토비, 운 좋게도, 내가 당신 조카따
　　님과 맺어지게 되었으니, 한 말씀 드리지 않을 수 없소' —.

토비 경 뭐, 뭣이라.

말볼리오 '당신 술버릇 좀 고쳐야겠습디다.'

토비 경 저걸, 그냥.

파비안 아서요, 참으세요, 알짜배기를 망치지 않으려면.

말볼리오 '게다가, 그 소중한 시간을 멍청이 기사와 낭비하시다
　　니' —.

앤드루 경 내 얘기야, 장담컨대.

말볼리오 '앤드루 경이라는 자 말이오.'

앤드루 경 거 보라니까, 나더러 멍청이라는 놈들이 많거든.

말볼리오 〔편지를 보며〕 이게 뭐지?

파비안 딱따구리가 덫을 향합니다요.

토비 경 오, 조용, 근데 저놈이 크게 읽고 싶은 생심이면 좋겠구
　　만.

말볼리오 〔편지를 쳐들며〕 목을 걸고 맹세컨대, 이건 분명 아씨 필적
　　이야. c, u, t 자 모두 영락없잖아. 그리고 대문자 P도 바로 이
　　렇게 쓰지. 의심할 여지 없이 그녀 필적이야.

앤드루 경 그녀의 c, u, t, 보지? 저런 망할 놈이.

말볼리오 〔읽는다〕 '말 못할, 사랑하는 이에게, 이 편지를, 그리고
　　나의 호의를.' 바로 그녀라니까! 〔편지를 뜯으며〕 실례하마, 봉
　　랍아—어라, 봉인도 순결한 루크레티아 초상이네, 그녀가 쓰
　　는—아씨가 틀림없어. 수신인은 누구지?

파비안 이제 완전히 골로 간다.

말볼리오 '주피터께서 아시리, 나의 사랑을,

　　　　하지만 누구?

　　　　입술이 움직이지 않는다.

　　　　아무도 알면 안 되리.'

　　　　'아무도 알면 안 되리.' 그다음은? 보격이 달라졌네. '아무도
　　　　알면 안 되리.' 이것이 너라면, 말볼리오?

토비 경 교수형이겠지, 냄새 풍기는 이 오소리 놈!

말볼리오 '나의 사모를 나는 지배할 수 있으나,

　　　　침묵은 루크레티아 단도처럼

　　　　피 없이 내 심장 건드려 피 철철 흘리게 하네.

　　　　M.O.A.I.한테 내 삶이 달렸네.'

파비안 굉장한 수수께끼군.

토비 경 끝내주는 잡년이로다.

말볼리오 'M.O.A.I.한테 내 삶이 달렸네.' 설마, 하지만 우선 보
　　　　자, 보자구. 어디.

파비안 독을 아예 사발로 퍼먹이겠다 이거지.

토비 경 아주 민첩하게 새매가 뒤를 쫓고 말야!

말볼리오 '나의 사모를 나는 지배할 수 있다.' 아무렴, 그녀가 나를
　　　　지배할 수 있지. 나는 그녀 하인이고, 그녀는 나의 주인이니
　　　　까. 이거야 보통 지능이면 명백히 알 수 있는 거 아닌가. 거치
　　　　적거릴 게 전혀 없어. 그리고 마지막─이 알파벳 배열은 무슨
　　　　뜻이지? 그게 나의 그 무엇에 해당되는 걸 알아낸다면. 흐
　　　　음─'M.O.A.I.'라.

토비 경 오 아이(O.I.)다, 이놈아. 저놈이 어렴풋이 감을 잡은 모

양이군.

파비안 사냥개는 냄새를 놓치더라도 계속 컹컹 짖어 대며 하다못
       해 고약한 여우 냄새라도 다시 찾아낸다는 거 아닙니까.

말볼리오 'M.' 말볼리오—'M'—그래, 이건 내 이름 첫 자야.

파비안 생각해 낼 거라고 제가 그랬죠? 똥개는 냄새 찾는 데 귀
       신이죠.

말볼리오 'M.' 하지만 그 다음이 안 맞아. 논거가 약하지. 'A'가
       와야 하는데 'O'란 말야.

파비안 마지막 교수대 올가미 'O'겠지.

토비 경 맞아, 아님 내가 저놈을 곤장 쳐서 비명 토하게 하는
       'O!'거나.

말볼리오 그런 다음 'I.'가 오고.

파비안 아무렴, '아이'는 눈이니 뒤통수에 달린 눈이라면 앞에서
       오는 행운보다 발뒤꿈치 물어 대는 개망신을 더 많이 보게 될
       거야.

말볼리오 'M.O.A.I.' 이 수수께끼는 앞의 것과 다르군. 그렇지만
       약간만 무리를 하면 같은 얘기 아닐까. 왜냐면 네 글자 모두
       내 이름에 들어 있잖아. 가만, 산문이 이어지네. '이 편지가
       그대 손에 들어가면, 곰곰 생각해 보세요. 제 신분은 그대보
       다 높게 타고났지만, 대단한 가문 같은 거 겁낼 것 없어요. 어
       떤 사람은 대단하게 태어나고, 어떤 사람은 대단함을 성취하
       고, 어떤 사람은 그걸 억지로 떠맡게 되지요. 그대의 운명이
       주는 선물을 피와 영혼으로 껴안으셔요. 그리고 당신의 미래
       에 맞추어 그대의 비천한 낡은 뱀 껍질을 벗어 버리시고, 새
       롭게 보이셔요. 친척 한 분과 당당히 맞서시고, 하인들한테

무뚝뚝하게 대하셔요. 그대 혓바닥이 국가 정치를 논하는 울림을 내게 하시고, 스스로 유별한 행동을 취하셔요. 그대를 위해 한숨짓는 그녀가 그대에게 드리는 충고입니다. 기억하셔요. 그대에게 노랑 양말을 권하고, 고풍스런 십자 대님을 늘 매달라고 했던 사람이 누구인지요. 기억하라고 말씀드렸죠, 분명히. 원하신다면 그 신분을 제가 만들어 드리겠어요. 그렇지 않다면, 그냥 집사로, 하인들의 친구로 계시든지요, 행운의 손가락 하나 만질 자격이 없는 신세로. 안녕. 그대와 주종 역할을 바꾸고 싶은 그녀,

—운 좋은 불행녀.'

대낮의 확 트인 시골 벌판만큼이나 확실하게 보여 주는군. 이건 명백해. 나는 콧대를 세울 거야. 정치 관련 책을 읽겠어. 토비 경을 엿 먹이고, 무식한 자들한테 안면 몰수하고, 속속들이 그 인간이 되는 거야. 이제 머저리 짓은 끝이다. 딴생각은 어림없지, 온갖 정황이 그렇잖은가, 아씨가 나를 사랑하는 건 분명해. 정말 그렇다. 얼마 전 내 노랑 양말이 괜찮다 했고, 내 다리가 근사하다 했고, 그녀가 좋아하는 복장을 하라고 은근히 압력을 가했지. 고맙다, 내 별자리. 난 행복해. 표가 날 정도로 거만하게 보이는 거지, 노랑 양말에, 십자 대님을 하고 말야, 표 나게 빨리 신는 솜씨도. 주피터와 내 별자리에 감사. 추신도 있네. '제가 누군지 그대가 모를 리는 없겠지요. 제 사랑을 받아 주신다면, 그대 미소로 그걸 보여 주셔요, 그대 미소는 어쩌면 그리도 잘 어울리는지요. 그러니 제가 있을 때는 미소를 그치지 말아 주셔요, 그대 내 사랑, 부탁이에요.' 주피터시여, 감사합니다. 미소 지으리다. 그대가 하라시

면 무엇이든 하리다. 〔퇴장〕

토비 경, 앤드루 경, 파비안이 숨었던 곳에서 나온다.

파비안 페르시아 왕이 연금 수천을 준다 해도 이 재미와 바꾸지
　　　는 않을 거예요.
토비 경 난 너무 재밌어서 이 잡년과 결혼이라도 해 줄 정도야.
앤드루 경 나도 마찬가지.
토비 경 지참금은 이런 구경거리 하나면 족하고.

마리아 등장

앤드루 경 나도 그거면 족하지.
파비안 어서 오시오, 고귀한 책략꾼 양.
토비 경 〔마리아에게〕 네 발로 내 모가지를 밟아도 난 괜찮아.
앤드루 경 〔마리아에게〕 내 모가지도 그래요.
토비 경 〔마리아에게〕 내 자유를 걸고 3 내기 주사위 놀이를 하다
　　　자네 노예가 되어도 나는 좋아.
앤드루 경 〔마리아에게〕 정말이오, 나도.
토비 경 〔마리아에게〕 그래, 이런 꿈을 꾸게 했으니 그 심상이 떠나
　　　면, 그 작자 필시 돌아 버리겠구나.
마리아 그런가요, 사실대로 말해 봐요, 효과가 있었나요?
토비 경 산파한테 알코올만큼이나.
마리아 이 놀이의 열매를 맛보려면, 그가 아씨한테 처음 나타나
　　　는 장면을 주시하세요. 노랑 양말을 신고 접근할 텐데, 아씨
　　　가 끔찍이도 싫어하는 색이죠. 그리고 십자 대님, 아씨가 혐
　　　오하는 패션이구요, 그가 아씨한테 미소를 지을 텐데, 우울증

에 중독된 아씨 기분으로서는 정말 난데없는 것이니, 악명 높은 경멸거리가 될 밖에요. 그걸 보시려면, 저를 따라오세요.

토비 경 지옥의 대문으로 가자 이거지, 정말 꾀가 대단한 악마로다.

앤드루 경 나도 가야지.

　　　　모두 퇴장

제3막

살인의 죄도 더 빨리 드러나지는 못하리,
숨은 것처럼 보이고픈 사랑보다는. 사랑의 밤은 대낮같이 밝다.

3막 1장

올리비아 저택 정원

비올라〔세사리오로서〕및 피리와 손북을 든 광대 페스테 등장

비올라 하나님이 그대, 친구, 그리고 그대의 음악을 보우하시기
를. 그대는 그 손북 덕에 사시는가?

페스테 아닐세, 선생, 교회 덕에 살지.

비올라 성직자신가?

페스테 별말씀, 선생. 내가 교회 덕에 산다는 것은 내가 내 집에
서 살고, 내 집이 교회 곁에 있다는 말씀.

비올라 그렇담 거지가 임금님 곁에 살면 임금님도 거지 덕에 사
는 거고 거지와 함께 자는 거고, 그대 손북이 교회 곁에 서면
교회가 그대 손북 덕에 유지되는 거란 말씀이 되겠군.

페스테 말씀 한번 똑 부러지시네, 선생. 이 시대가 그렇지!―대가
리깨나 굴리는 놈한테는 문장이란 게 새끼염소 가죽 장갑이
나 마찬가지라, 안팎 뒤집히는 게 눈 깜빡할 사이지.

비올라 그건 정말 그래. 말장난 교묘한 사람들이 금방 말을 창녀
로 만들어 버리거든.

페스테 그래서 내가 여동생 이름을 원치 않았다는 거 아닌가, 선
생.

비올라 무슨 까닭에?

페스테 그야, 선생, 그녀 이름도 단어 아닌가, 그리고 그 단어를
　　　갖고 놀면 그녀가 헤퍼진다 이 말씀야. 그치만 정말, 법률 계
　　　약서 문장이 망쳐 버린 이래 말이란 악당 그 자체라구.

비올라 이유를 묻는다면?

페스테 이런, 선생, 이유를 대려면 말을 해야 하는데, 말이란 게
　　　위낙 거짓투성이가 되어 나서 말로 이러쿵저러쿵 시비하기
　　　싫으이.

비올라 당신 정말 유쾌한 사람이시군, 신경 쓰이는 게 하나도 없
　　　고.

페스테 그게 아니지, 선생. 신경 쓰이는 게 있지, 왜 없어. 하지만
　　　솔직히, 선생, 난 당신을 거들떠보지 않지. 그게 신경 쓰이는
　　　게 없는 거라면, 선생, 난 그게 선생을 안 보이게 만들어 주면
　　　좋겠는데.

비올라 그대는 올리비아 아씨의 바보광대 아니시던가?

페스테 천만에, 선생, 올리비아 아씨는 어리석은 분이 전혀 아닌
　　　데, 바보를 곁에 두시겠나, 결혼도 안 하셨는데 말야, 그리고
　　　정어리가 청어 비슷한 만큼 바보는 남편 비슷하지―남편이
　　　란 게 더 큰 바보지만. 난 정말 그녀의 바보가 아냐, 그녀의
　　　말 풍기 문란자지.

비올라 얼마 전 오시노 공작 댁에서 뵌 적이 있소만.

페스테 바보짓은, 선생, 태양처럼 지구 주위를 활보하는 걸세, 방
　　　방곡곡을 비추시. 나도 유감이면 좋겠네만, 선생, 나의 아씨
　　　만큼이나 자주 자네 주인도 바보짓을 요하거든. 똑똑한 체하
　　　는 선생을 거기서 본 것 같은데.

비올라 그만, 날 그리 갖고 놀 양이시면, 그대와 상대 않겠소. [돈
　　　을 주며] 받으시오, 수고비요.

페스테 주피터께서 이분께 다음 터럭을 보내 주실 땐 턱수염으로
　　　보내 주시기를.

비올라 진정코, 난 그 턱수염 때문에 병이 날 지경이라오. 내 턱
　　　에 자라기는 원치 않지만. 그대 아씨는 안에 계시는가?

페스테 이 동전이 제 짝이 있어야 새끼를 치지 않겠소, 선생?

비올라 물론, 함께 살며 이자를 치는 거죠.

페스테 내가 프리기아의 판다로스 경 역할로, 크레시다 동전을
　　　이 트로일러스 동전과 짝지어 주고 싶다는 얘긴데.

비올라 [돈을 주며] 알았소, 선생, 구걸 솜씨 하나는 쓸 만하구려.

페스테 뭐 대단한 걸 바란 것도 아닌데요. 선생. 거지한테만 구걸
　　　하는 판에—크레시다가 거지였잖소. 아씨는 안에 계시오, 선
　　　생. 선생이 왔다고 말씀드리지. 당신이 누구고 뭘 원하는지는
　　　내가 천지간에 전혀 알 수 없는 일이고—내 능력 밖이라는
　　　표현이 좋지만 너무 구태의연해서 말이지. [퇴장]

비올라 이 사람은 바보 노릇하고도 남을 만큼 현명하구나.
　　　　하긴 광대 노릇이란 게 똑똑해야 하는 거지,
　　　　자신이 광대짓 해 주는 사람들 기분을 살펴야 하거든,
　　　　인간의 자질을, 그리고 시대를,
　　　　그리고, 한 마리 야생 매처럼, 샅샅이 살펴야겠지,
　　　　눈앞에 닥친 먹잇감의 온갖 습성을. 이 기술은
　　　　현명한 사람의 그것 못지않게 힘들다.
　　　　그가 솜씨 있게 보여 주는 바보짓은 적절하지만,
　　　　현명한 자들은 종종 어리석게도, 자기들의 똑똑함을 망쳐

버리거든.

토비 경과 앤드루 경 등장

토비 경 안녕하신가, 신사분.

비올라 나리들께서도요.

앤드루 경 *Dieu vous garde, monsieur*, 신의 가호를.

비올라 *Et vous aussi, votre serviteur*, 나리께서도요, 언제든
　　하명하십시오.

앤드루 경 그러길 바라네, 신사분, 내게도 언제든 하명하시게.

토비 경 집 안으로 납시겠는가? 자기한테 볼일이 있다면 쾌히 만
　　나겠노라고, 들이라고, 내 조카가 그러셨사온지라.

비올라 저는 나리 조카따님을 뵈러 왔습니다. 제 여행의 목적지
　　가 아씨라는 말씀이지요.

토비 경 양 다리를 써 보시게, 선생, 움직여 보라구.

비올라 제 아래 제 발은 말 잘 듣고 잘 서 있습니다마는, 제 다리
　　를 써 보라는 나리 말씀은 무슨 뜻이신지.

토비 경 가라구, 선생, 들어가라는 얘기지.

비올라 발걸음을 옮겨 입장하면 답이 되겠군요.

〔올리비아와 마리아 등장〕

　　근데 마중을 나오시네요. 〔올리비아에게〕 가장 훌륭한 미덕을
　　갖춘 아씨, 하늘이 아씨께 온갖 향수를 뿌려 주옵니다.

앤드루 경 〔토비 경에게〕 이 청년 굉장한 알랑쇠일세, '향수를 뿌려
　　수옵니다'─죽인다.

비올라 아씨, 저는 제 일을 발설할 수 없고 오로지 아씨가 감수
　　풍만한 아씨 귀로 거들떠 들어 주실 뿐이옵니다.

앤드루 경 〔토비 경에게〕 '향수', '감수 풍만한', 그리고 '거들떠 들어 주실'─이 세 가지는 꼭 외어 두었다가 나중에 써먹어야겠는 걸.

올리비아 정원 문을 닫으셔요. 그리고 모두 자리를 비켜 주셔요.

〔토비 경, 앤드루 경, 그리고 마리아 퇴장〕

손을 주셔요, 신사분.

비올라 영광입니다, 아씨, 그리고 아주 비천한 복무겠구요.

올리비아 이름이 뭐죠?

비올라 아씨 하인인 제 이름은 세사리오입니다, 아름다운 여백작 님.

올리비아 신사분이 제 하인이라뇨? 그렇게 하시면 세상사 유쾌할 수가 없죠,

오죽하면 과공비례라는 말이 나왔을까.

당신은 오시노 공작의 하인이잖아요, 청년.

비올라 근데 그분은 아씨의 하인이시니, 그분 하인은 당연히 아씨의 하인이죠.

아씨 하인의 하인은 아씨의 하인이라는 거죠.

올리비아 그분은, 전 그분을 생각하는 게 아녜요. 그분의 생각에 대해서도,

그게 나로 채워지느니 차라리 백지면 좋겠다는 게 제 바람 이고요.

비올라 아씨, 제가 와서 아씨의 부드러운 생각을 돋우는 것은 그분을 위해서입니다.

올리비아 말을 끊어 죄송하지만, 제발 부탁할게요.

다시는 그에 대해 귀하가 하는 말을 듣지 않겠어요.

하지만 다른 부탁을 해 주신다면
저는 듣지요, 그 얘기를,
천체의 음악도 뿌리치고 당신 말씀 듣지요.

비올라 아씨 이러시면—

올리비아 제 말 들어요. 제가 보냈지요,
제가 지난번 이 자리에서 당신한테 매혹된 후,
당신을 뒤쫓아 반지 한 개를 보냈잖아요. 그렇게 저는 망신
을 안긴 거죠,
제 자신에게, 제 하인에게, 그리고, 걱정컨대, 당신한테까
지.
당신은 분명 불쾌하게 여기셨겠지요,
수치스런 술수를 부려 억지로 당신께 떠맡겼으니,
아무리 봐도 당신 게 아닌데 말이죠. 무슨 생각을 하셨죠?
제 명예를 곰인 듯 말뚝에 매달고
당신 생각들이 재갈도 안 물린 개인 듯 그것에 으르렁대게
하였나요,
잔학한 마음이 생각해 낼 그 온갖 생각들이? 당신 오감 중
하나가
충분히 알아차렸을 테죠. 제 마음을 가리는 것이
속 비치는 얇은 베일일 뿐 가슴은 아니니까요. 그러니 뭐라
말씀을 해 주셔요.

비올라 아씨가 안됐다는 생각입니다.

올리비아 그게 사랑의 시작 아닌가요.

비올라 아니죠, 한 발짝도. 살다 보면
원수를 불쌍하게 여기는 경우가 잦으니까요.

올리비아 그렇다면, 내가 보기에 다시 미소로 사랑의 우울을 떨쳐
　　　낼 시간.
　　　　오 세계여, 가난한 자들은 그리도 흔쾌히 당당해지는데,
　　　　어차피 먹잇감이라면, 훨씬 더 좋으리,
　　　　늑대보다는 사자 먹잇감이!
　　　　　〔괘종시계 소리〕
　　　　시계가 제게 시간 낭비를 나무라네요.
　　　　걱정 마셔요, 착한 청년, 남편 되어 달라고 안 할 테니.
　　　　그렇지만 지혜와 청춘이 무르익으면
　　　　당신 아내는 제대로 된 남편을 거두겠지요.
　　　　이제 가 보셔요, 이 길은 서향입니다.
비올라 그렇담, 서쪽으로 넘어가실 손님 타시오!
　　　　우아한 자태와 평안한 마음이 아씨와 함께하시기를.
　　　　정말, 아씨, 제 주인께 전할 말은 전혀 없으십니까?
올리비아 잠깐만요. 절 어떻게 생각하시는지 제발 말해 주셔요.
비올라 당신은 당신 자신이 아니라고 생각하는 것 같다는 게 제
　　　생각이죠.
올리비아 제 생각이 그렇다면, 그건 당신도 마찬가지라는 생각이
　　　드는군요.
비올라 옳은 생각이십니다. 저는 제가 아니에요.
올리비아 당신이 제가 바라는 바의 그 사람이면 좋겠어요.
비올라 그게 더 나을까요, 아씨, 지금의 저보다?
　　　　그랬으면 좋겠군요, 지금 저는 아씨의 놀림거리니까요.
올리비아 〔방백〕 오 비웃음도 아름답게 보이는구나,
　　　　그 입술의 경멸과 노여움 속에!

살인의 죄도 더 빨리 드러나지는 못하리,

숨은 것처럼 보이고픈 사랑보다는. 사랑의 밤은 대낮같이
밝다.

〔비올라에게〕 세사리오, 봄의 장미를 걸고,

처녀성, 명예, 진실, 그리고 모든 것을 걸고

제가 당신을 사랑하므로, 당신 콧대가 아무리 높단들,

지혜도 이성도 제 정열을 숨길 수 없어요.

행여 생각하지 마셔요.

제가 당신께 구애할 뿐이므로 당신이 응답할 의무는 없다
고.

그렇게 말고 이렇게 곰곰 생각해 주셔요,

구하여 얻은 사랑이 좋지만, 구하지 않았으나 주어진 사랑
은 더 좋다구 말예요.

비올라 순수를 걸고, 또 내 청춘을 걸고 맹세커니와,

제가 가진 마음은 하나, 가슴도 하나, 그리고 진실도 하나인
데.

어느 여인도 차지한 적 없고 앞으로도

그 주인이 될 수 없습니다, 저 말고는요.

그러나, 저는 물러갑니다, 착하신 아씨. 다시는 결코

제 주인의 눈물로 아씨께 하소연하지 않겠습니다.

올리비아 하지만 다시 오셔요. 당신이 움직이면

내 가슴이 그분의 사랑을, 지금은 혐오하지만, 좋아하게 될
지도 모르니까요.

각자 퇴장

3막 2장
올리비아 저택

토비 경, 앤드루 경, 그리고 파비안 등장

앤드루 경 싫어, 절대, 난 곧장 떠나겠소.

토비 경 왜 그러는 거야, 악이 뻗쳐서, 이유를 대라구.

파비안 말씀을 하셔야 우리가 알아듣지요. 앤드루 경.

앤드루 경 아 글쎄, 당신 조카딸이 그 공작 하인 놈에게 갖은 정성을 쏟는 것이, 난 그런 대접 한 번도 받아 본 적이 없고. 과수원에서 내가 보았는데 말요.

토비 경 이보게, 그러는 동안 그녀가 자네를 보았나? 말해 보게.

앤드루 경 지금 내가 당신을 보듯 똑똑히 보았지.

파비안 그렇담 이건 아씨가 나리를 흠모하신다는 강력한 증거가 되겠습니다.

앤드루 경 뭐라, 네놈이 날 갖고 놀겠다는 거냐?

파비안 제가 차근차근 합법적으로 설명해 드리지요. 나리, 제 판단력과 맨 정신을 걸고요.

토비 경 그 둘은 노아가 뱃사공 되기 전부터 대법관이었단 말이고.

파비안 아씨가 청년에게 호의를 베푼 것은 사실입니다만, 그건

오로지 나리를 낭패시키기 위해서죠. 나리의 소심함을 일깨우고, 나리 가슴에 불을, 나리 애간장에 유황불을 지르려는 겁니다. 그렇담 나리는 의당 아씨께 다가가셨어야죠. 그리고 새 돈처럼 빳빳하고 쌈박한 재담으로 그자의 말문을 쾅 닫아 버리셨어야죠. 그러시기를 기대한 것인데, 나리는 그 눈치를 놓치셨어요. 두 겹 금칠 된 기회를 어영부영 지나치신 거죠. 그리고 이제 아씨 보시기에 나리는 영 한데 찬밥이고, 북극 탐험 화란인 구레나룻에 매달린 고드름 신세를 벗지 못하실 결요. 근사한 용기를 보이시거나 모사를 꾀하지 않는 한.

앤드루 경 그렇더라도, 용기를 보여야지. 모사는 말도 안 돼. 모사 꾼이 되느니 청교도를 하고 말지.

토비 경 그럼 됐구만. 용기를 바탕으로 운을 세우시게. 그 공작의 젊은 놈한테 결투를 요구하고, 열한 군데를 쑤셔 버리는 거야. 내 조카가 그 소문을 듣게 될 거 아닌가. 그리고 단언컨대, 여자한테 남자 붙여 주는 데 가장 훌륭한 뚜쟁이 추천 항목이 용기 아니겠나.

파비안 그 길밖에 없어요, 앤드루 경 나리.

앤드루 경 둘 중 누가 내 도전장을 그놈한테 전해 주겠소?

토비 경 가서, 당당하게 휘갈겨 쓰라구. 통렬하고 간략하게. 잔대가리 굴린답시고 웅변조로 새고 급기야 온갖 날조한 내용뿐이라도 뭐 상관있겠나. 글인데 무슨 말을 못하느냐 말이지. '너'라고 세 번만 부르면 직방일걸. 그리고 설령 종이가 잉글랜드, 웨어 시의 11피트 너비 침대보로 쓸 만큼 넓다 한들 거짓말 욕지거리로 못 채울 거 없단 말이지. 쓰라구, 시작하라니까. 잉크에 앙심을 잔뜩 타라구ㅡ필기도구야 소심한 거위

깃털이겠지마는, 그거야 뭐. 자, 어서.

앤드루 경 어디에 있을 거요?

토비 경 작은 방으로 찾아감세. 가라구.

앤드루 경 퇴장

파비안 정말 나리께서 갖고 놀기 안성맞춤인 꼭두각시네요, 토비 경 나리.

토비 경 그에게 난 비싼 존재야, 한 이천 더컷은 썼을걸.

파비안 저 양반 꽤나 희한한 편지를 써올 텐데요, 설마 진짜 전하시려는 건 아니시겠고.

토비 경 무슨 소리, 전해야지, 그리고 온갖 수단을 동원해 그 청년이 응하게 해야지. 황소와 마차 노끈으로도 둘을 함께 끌어당길 수는 없을 거야. 앤드루로 말하자면, 그자 배를 갈라 보니 간에 고인 혈액 양이 벼룩 발바닥에 묻을 정도라도 된다면, 나머지 시체를 내게 먹여도 좋아.

파비안 그리고 그의 결투 상대, 그 청년은, 얼굴이 순해 보이던데요.

마리아 등장

토비 경 그 작은 아홉 마리 중 가장 작은 막내 굴뚝새 등장이시네.

마리아 웃다 웃다 배꼽이 빠지고 싶으면, 저를 따라 오세요. 저기 그 멍청한 말볼리오가 이교도로, 아니 아예 회교도로 나섰어요. 하긴 올바로 믿음으로 구원받으려는 기독교 신자라면 그 터무니없는 편지 내용을 믿지도 않았겠지만요. 노랑 양말을 정말 신었다니까요.

토비 경 십자 대님도?

마리아 정말 목불인견이죠. 교회 안에서 학교를 운영하는 늙다리 교사가 그럴까. 흡사 암살자처럼 제가 그를 따라다녀 보았거든요. 놀려 먹으려 떨어트렸던 편지의 지시 내용을 글자 그대로 따라 하더라니까요. 얼굴에 미소를 새긴다는 게 신간 동인도 지도 증보판보다 더 많은 선들이 주름을 이루고요. 이런 물건은 정말 보다 보다 처음 보실 거예요. 그를 향해 뭐라도 집어 던지고 싶더라구요. 아씨께서 흠씬 패 주실 거예요. 그러시더라도, 그자는 계속 미소를 짓겠죠. 그리고 매를 굉장한 은총으로 여기겠죠.

토비 경 우릴 데려다 주게, 그가 있는 곳으로 데려다 줘.

　　　　모두 퇴장

3막 3장

길거리

세바스찬과 안토니오 등장

세바스찬 이렇게 폐를 끼치고 싶지 않았는데,
　　　당신이 수고를 즐거움으로 생각하니
　　　어쩔 도리 없이 신세를 지게 되었소.
안토니오 그냥 두고 볼 수가 있어야지요. 제 욕망이,
　　　줄질한 강철보다 더 예리하게, 제게 박차를 가하는 것을요,
　　　그리고 당신을 보고 싶은 마음뿐 아니라—그 마음 너무 커
　　　더 먼 길이라도 달려왔겠지만—
　　　여행 중 무슨 일이 생길까 봐 염려되기도 했어요.
　　　이 지역을 잘 모르시잖아요, 게다가 이곳은 이방인에게,
　　　안내인이나 친구가 없을 경우, 종종
　　　꽤나 거칠고 꿈자리가 사나운 곳이거든요. 제 기꺼운 사랑이
　　　이런 걱정으로 인하여 더욱 더 기꺼이
　　　찾아 나서게 된 겁니다.
세바스찬 마음씨 착한 나의 안토니오,
　　　난 그저 감사하다는 말씀밖에는

드릴 게 없네요. 그리고 호의를 여러 차례나

이리 쓸잘데없는 말 몇 마디로. 어깨 으쓱거리는 걸로 때우다니.

하지만 내가 가진 것이 내 부채감만큼이나 탄탄하다면,

이리 초라한 보답을 드리지는 않았을 겁니다. 이제 뭘 하죠?

도시 관광이나 할까요?

안토니오 내일 하시죠. 우선 숙소를 알아봐 드려야겠는데.

세바스찬 난 피곤하지 않아요. 그리고 밤이 되려면 아직 멀었는데.

우리 눈을 좀 즐겁게 하는 게 어떨까요,

기념물과 명성이 있는 것 등

도시 명소를 둘러보면서 말이요.

안토니오 그건 좀 곤란한데요.

제가 이 거리를 걷는 것은 위험이 없지 않아요.

전에 벌어진 해전 때 제가 이 도시 공작의 전함에 맞서

공을 좀 세웠는데, 그게 워낙 유명한 일이라

여기서 체포되면 되돌릴 길이 막막할 겁니다.

세바스찬 그의 부하를 많이 죽인 모양이구려.

안토니오 그런 피비린 성격의 공격은 아니었지요.

비록 당시 싸움 정황이

유혈 사태로 치닫지 못할 것도 없었지만요.

그 후 되갚을 수가 있는 거였어요.

그들한테서 가져온 걸 돌려주면 되는 거였죠. 교역을 위해

우리 도시 대부분이 그랬고요. 오로지 저 혼자 중뿔났었죠,

　　　　그러니 제가 여기서 잡히면

　　　　호된 값을 치러야 할 거예요.

세바스찬　그럼 너무 활보하면 안 되겠네요.

안토니오　안 되죠. 갖고 계세요, 나리, 이건 제 지갑입니다.

　　　　남쪽 교외의 코끼리 여관이

　　　　묵기에 제일 나아요. 식사를 주문해 놓을 테니

　　　　그동안 나리는 이 고을 관광으로

　　　　시간을 보내며 견문을 넓히시든지요. 저는 거기 있겠습니

　　　　다.

세바스찬　왜 내가 당신 지갑을?

안토니오　뭐 그냥 어쩌다 어떤 걸 보고는

　　　　사고 싶은 마음이 생기실지도 모르고, 갖고 계신 걸로는

　　　　모자랄 것 같아서요, 나리.

세바스찬　그냥 맡아만 두죠, 그리고 한 시간쯤 뒤에 뵙겠습니다.

안토니오　코끼리 여관입니다.

세바스찬　잊을 리가 있나요.

　　　　따로 따로 퇴장

3막 4장

올리비아 저택의 정원

올리비아와 마리아 등장

올리비아 〔방백〕 그분께 사람을 보냈는데, 그분이 오신다네.

음식은 뭘 대접하지? 선물은 뭘 준비하지?

젊음은 간청하거나 빌리기보다는 돈으로 사야 하는 건데.

내 목소리가 너무 크군.

〔마리아에게〕 말볼리오는 어디 있지? 그 사람 과묵하고 점잖아서,

나 같은 신세에 하인으로는 딱 맞는데.

말볼리오 어디 있어?

마리아 이리 오는 중입니다. 아씨, 그런데 꼴이 아주 이상해요.

귀신 들린 게 분명해요. 아씨.

올리비아 왜, 무슨 일이야? 헛소리를 마구 해 대나?

마리아 아뇨, 아씨, 그냥 실실 웃기만 해서 더 문제죠. 그가 오면

호위를 두고 얼마간 경계하시는 게 최선이에요. 머리 한 구석

맛이 간 게 분명하다니까요.

올리비아 가서 데려와요.

〔마리아 퇴장〕

나도 그 못지않게 미쳤어,

슬픈 광기와 즐거운 광기가 같은 거라면 말이지.

　　〔노랑 양말에 십자 대님을 맨 말볼리오, 마리아와 함께 등장〕

괜찮아요, 말볼리오?

말볼리오　사랑스런 아씨, 하, 핫!

올리비아　웃는 거예요? 심각한 일로 불렀는데.

말볼리오　심각 말씀이십니까? 심각할 수 있죠. 이 십자 대님이 좀
　　성가시기는 합니다만 뭐 상관 있겠습니까? 단 한 분 보기에
　　좋다면, 저야 유행가 가사 그대로죠. '한 사람만 기쁘면 돼.
　　내가 기쁘게 해 주고 싶은 이, 그 사람뿐이니.'

올리비아　아니, 도대체 왜 이래요? 뭘 잘못 먹은 거 아녜요?

말볼리오　마음은 성마른 검정색 아니죠. 다리는 질투의 노란색이
　　지만. 그게 제대로 전달되었다는 거 아닙니까, 그러니 나는
　　분부대로 할밖에. 그 부드러운 이탤릭체를 우리 서로 알잖아
　　요.

올리비아　침대로 가서 좀 눕는 게 좋겠네요, 말볼리오.

말볼리오　〔자기 손에 입 맞추며〕침대로요? '그러렴, 내 사랑, 가 있
　　으면 나도 그리로 가마.'

올리비아　이상하네. 왜 희희낙락이고 자기 손에 자꾸 입을 맞춰
　　대지요?

마리아　무슨 짓이에요, 말볼리오?

말볼리오　감히 묻겠다고?—하긴, 나이팅게일도 갈까마귀 노래에
　　화답을 하니까.

마리아　감히 아씨 앞에서 우스꽝을 떨다뇨?

말볼리오　'대단한 가문 같은 거 겁낼 것 없어요.'—그렇게 쓰여 있

었단 말이지.

올리비아 그게 무슨 소리죠, 말볼리오?

말볼리오 '어떤 사람은 대단하게 태어나고'―

올리비아 뭐라?

말볼리오 '어떤 사람은 대단함을 성취하고'―

올리비아 대체 무슨 소리를?

말볼리오 '어떤 사람은 그걸 억지로 떠맡게 되지요.'

올리비아 넋이 아주 나갔어.

말볼리오 '기억하세요, 누가 그대에게 노랑 양말을 권하고'―.

올리비아 '그대에게 노랑 양말'?

말볼리오 '십자 대님을 매달라고 했던 사람이 누구인지요.'

올리비아 '십자 대님을'?

말볼리오 '분명히. 원하신다면 그 신분을 제가 만들어 드리겠어요.'

올리비아 날, 뭘 만든다고?

말볼리오 '그렇지 않다면, 그냥 집사로, 하인들의 친구로 계시든지요.'

올리비아 정말, 삼복더위에 미친다더니.

　　　　　하인 등장

하인 아씨, 오시노 공작님의 젊은 신사분 돌아오셨습니다. 가까
　　스로 발길을 돌리게 했지요. 아씨를 기다리고 계십니다.

올리비아 간다고 말씀드려.

　　　　　〔하인 퇴장〕
　　착한 마리아, 이 사람 좀 돌봐 줘. 토비 아저씨는 어디 계시
　　지? 이 사람 좀 각별히 신경 써 주라고 몇 사람한테 이르고,

내 재산 반을 잃을망정 내 집 사람 잘못되는 건 싫으니까.

올리비아와 마리아, 따로 퇴장

말볼리오   오호라, 이제 내 진가를 알아보신다? 물경 토비 경을
    내게 불러 주신다 이 말이지. 편지 내용 그대로야. 일부러 그
    자를 불렀어, 내가 뻣대 보라고 말야. 편지에서 부추긴 대로
    야. '그대의 비천한 낡은 뱀 껍질을 벗어 버리고' 그녀가 그
    랬다구. '친척 한 분과 당당히 맞서시고, 하인들한테 무뚝뚝
    하게 대하셔요. 그대 혓바닥이 국가 정치를 논하는 울림을 내
    게 하시고, 스스로 유별한 행동을 취하셔요.' 그리고 잇따라
    적어 놓지 않았나, 심각한 표정, 묵직한 거동, 느린 말투 등등
    신사의 품위를. 내가 아씨를 끈끈이로 잡은 거야, 모두 주피
    터께서 하신 일이지, 신께 감사해야 하고말고. 게다가 방금
    자리를 뜰 때 그녀가 '이 사람 좀 돌봐 줘' 했단 말이지. 이 사
    람!―'말볼리오'도 아니고, 직함도 아니고, '이 사람.' 정말 모
    든 게 들어맞는군, 털끝만치 의심도, 털끝의 털끝만치 의심도
    있을 수 없어, 어떤 장애도, 어떤 불신 혹은 불안의 정황도 없
    다구―이걸 어떻게 표현하지?―이 세상 그 어느 것도 나와
    내 희망의 전체 가망 사이에 거치적거리지 않을지어다. 그럼,
    이건 주피터께서 하신 일이야, 내가 아니고, 그분께 감사해야
    한다구.

토비 경, 파비안, 그리고 마리아 등장.

토비 경   이자 어디 있나, 이 벼락 맞을 놈? 설령 지옥의 온갖 악마
    들이 똘똘 뭉쳐 떼거리로 그놈을 차지하고 있단들, 할 말은

해야겠다.

파비안 여기 있네요, 여기요. [말볼리오에게] 어떠세요, 집사님? 괜
　　찮아요?

말볼리오 물러가라, 귀찮다. 혼자 있고 싶도다. 물러가라.

마리아 어머나, 정말 귀신 한번 제대로 들렸네. 제가 말씀드리지
　　않았나요? 토비 경, 아씨께서 그를 돌봐 달라고 부탁하시던
　　데요.

말볼리오 아하, 그러셨는가?

토비 경 아니, 잠깐. 조용. 진정해. 부드럽게 다뤄야지. 나한테 맡
　　기라구. 어떤가, 말볼리오? 어떻게 된 거야? 아니 이 사람,
　　악마를 쫓아내야지. 생각해 봐. 악마는 인류의 적이라구.

말볼리오 자네 무슨 말을 씨부렁대는 게야?

마리아 보세요, 악마를 욕하면, 정말 앙심 먹는다고요. 설마 홀린
　　건 아니겠지.

파비안 용한 여자한테 오줌을 보여 봐야겠어요.

마리아 그래요. 내일 아침 당장 그러자구요. 내 목숨이 부지된다
　　면. 아씨께서 이 사람 잃고 싶지 않다고, 끔찍이도 생각하시
　　니까요.

말볼리오 어떤가, 내 애인?

마리아 맙소사!

토비 경 조용하라니까. 이렇게 다루면 안 돼. 자네가 그의 화를
　　돋우는 거 모르겠어? 나한테 맡기라니까.

파비안 부드럽게 다루는 수밖에 없어요. 가만. 가만히. 적은 난폭
　　하고, 거칠게 다루면 싫어하죠.

토비 경 그래 어떠신가, 좋은 친구? 어쩌겠다는 거야, 내 보물?

말볼리오 경!

토비 경 그래, 어쭈, 해보자구. 이보게, 점잖은 사람이 악마와 공
　　　　빠트리기 놀이라니. 목을 매달아 버리라고, 그 시커먼 광부
　　　　악마를!

마리아 기도를 시키세요. 착한 토비 경, 기도를 시키라구요.

말볼리오 나한테 기도를 하라고, 못된 계집?

마리아 안 되겠네요, 정말, 하나님 말씀은 들으려고를 안 하니.

말볼리오 가서 니들 목이나 매, 모두. 멍청하고 천박한 것들, 난
　　　　네놈들과 노는 데가 달라. 이다음에 더 가르쳐 주지. [퇴장]

토비 경 믿을 수가 없군.

파비안 무대 공연을, 지금, 본 거라 하더라도 말이 안 되는 얘기
　　　　라고 할 정도네요.

토비 경 그의 영혼 자체가 덫에 완전히 오염되었군 그래.

마리아 이럴 게 아니라, 그를 쫓아가죠. 공기를 쐬면 덫이 망가질
　　　　지도 모르잖아요.

파비안 정말 미쳐 버리게 만들 수도 있겠네요.

마리아 그럼 집이 더 조용해지겠죠.

토비 경 가세, 미친놈이니 깜깜한 방에 넣고 묶어 두세나. 내 조
　　　　카도 이미 그가 미쳤다는 판단이니까. 계속 그렇게 우린 재미
　　　　나고 그는 혼나고 그러다가, 여흥이 지쳐 숨을 헐떡거릴 때
　　　　쯤, 그가 안됐다는 생각이 들겠지, 그러면 속임수를 만천하에
　　　　드러내고 자네는 광인 색출 판사 영예를 쓰는 거고 말야. 한
　　　　데 저기 봐라, 누가 오나.

　　　　　　앤드루 경 편지를 들고 등장

파비안 여흥거리가 자꾸 생기니 축제날 같은데요.

앤드루 경 도전장이오, 읽어 보라구. 꽤나 신랄하게 썼소만.

파비안 아주 오만하게요?

앤드루 경 그럼―그런가? 그가 보기엔 분명 그럴 텐데. 읽어 보라
　　　　니까.

토비 경 이리 주게.
　　　　〔읽는다〕 '젊은 놈, 네가 누구든, 야비한 놈에 불과하다.'

파비안 좋아요, 용감하구요.

토비 경 '왜 내가 너를 그렇게 부르는지 마음으로 궁금할 것 없고,
　　　　놀랄 것 없다, 왜냐면 아무 이유도 네게 밝히지 않을 테니까.'

파비안 용의주도하시네, 그래야 법망을 피하겠죠.

토비 경 '너는 올리비아 아씨를 만나러 왔고, 내가 보기에 아씨가
　　　　너를 친절하게 대해 주었다. 그러나 넌 능구렁이 거짓말쟁이
　　　　다. 그 일로 네게 도전하는 게 아니다.'

파비안 아주 간명하네요, 대단히 훌륭한 센스 〔방백〕 같은 소리.

토비 경 '내가 귀가하는 너를 불러 세울 것이니, 거기서 네가 나를
　　　　죽이게 된다면.'―

파비안 좋아요.

토비 경 '너는 나를 건달이나 악당 죽이듯 죽이겠거니와.'

파비안 역시 법망을 피하는 솜씨―좋아요.

토비 경 '잘 있거라, 하나님이 우리 둘 중 하나의 영혼에 자비를
　　　　베푸시겠지만, 내 희망이 더 나으니, 그러니 너는 네 몸 조심
　　　　하거라.
　　　　　네가 잘하면 친구, 아니면 불구대천의 원수,

　　　　　　　　　　　　　　　　　　　　　　앤드루 에이규치크'

이 편지로도 흥분을 안 하면, 다리병신도 그런 병신이 없지. 내가 그놈한테 전하겠네.

마리아 마침 잘됐네요. 그자가 지금 아씨와 무슨 얘기를 나누는 중이거든요. 좀 있으면 떠날 거구요.

토비 경 가시게, 앤드루 경. 과수원 모퉁이에서 빚쟁이 체포조처럼 그를 살피는 거야. 그를 보게 되는 즉시, 다가가라구, 그리고 다가가면서, 끔찍한 욕을 퍼붓는 거야. 왜냐면 끔찍한 욕에다 거창한 억양을 가하면 실제보다 더 사내다워 보이는 일이 비일비재하거든. 가라구.

앤드루 경 욕 하나는 내가 선수지. 〔퇴장〕

토비 경 이 편지를 전하면 안 되겠군, 그 젊은 신사 거동을 보니 능력과 혈통이 꽤 되겠던데. 그의 주인과 내 조카 사이 일을 맡은 걸 봐도 그렇고. 그러니 이 편지는, 정말 기똥차게 무식하니까, 그 청년이 전혀 겁을 안 먹을 거란 말이지. 순 아둔패기 글 아닌가. 하지만, 내가 입으로 전달하겠어. 에이규치크가 뛰어난 용기의 소유자라는 소문을 전하고, 그 청년을 몰아가는 거야─ 미숙한 청년이니까 내 말 곧이곧대로 믿겠지─ 그의 분노, 솜씨, 격분, 그리고 불같은 성정에 엄청 겁먹게끔 말야. 그러면 둘 다 기절초풍을 해서 표정만으로 상대방을 죽일 터, 바실리스크처럼 말일세.

올리비아, 그리고 〔세사리오로 변장한〕 비올라 등장

파비안 그자가 조카분과 오네요. 갈 때까지 물러서 계셨다가, 그의 뒤를 곧장 따르세요.

토비 경 그동안 나는 무시무시한 도전 글귀를 궁리해 보겠네.

토비 경, 파비안, 그리고 마리아 퇴장

올리비아 제가 너무 말이 많았군요. 목석한테,

　　　제 명예를 너무 경솔하게 펼쳐 드렸어요.

　　　제 마음속 무언가가 제 잘못을 나무라지만,

　　　잘못의 고집이 어찌나 센지

　　　비난을 조롱할 뿐이고요.

비올라 마찬가지입니다, 아씨의

　　　잘못된 사랑이 제 주인을 슬프게 하는걸요.

올리비아 〔보석을 주며〕 자요, 저를 위해 이걸 해 주세요. 제 얼굴이

　　새겨져 있는데―

　　　거절치 마셔요, 혀가 없으니 귀찮게 안 할 겁니다―

　　　그리고 부디 내일 다시 와 주셔요.

　　　당신이 원하신다면 제가 무엇을 거절하겠습니까,

　　　명예만 훼손되지 않는다면요.

비올라 제가 원하는 것은 이것뿐입니다. 제 주인에 대한 당신의

　　진정한 사랑.

올리비아 어떻게 명예를 논하는 제가 그분께 드릴 수 있겠어요,

　　　당신께 이미 드려 버린 것을요?

비올라 제가 그 언약을 면해 드리면 되죠.

올리비아 아이 참, 내일 다시 오셔요. 잘 지내시고요.

　　　당신 같은 원수면 제 영혼을 지옥까지 데려가겠네요. 〔퇴장〕

토비 경과 파비안 등장

토비 경 신사분, 하나님이 보우하시기를.

비올라 경께도 가호 있으시기를.

토비 경 방책이 있으면, 챙겨 두시게. 자네가 무슨 잘못을 했는지
는 모르겠네만, 자네를 노리는 사람이 있네. 한번 해보자는
거야. 사냥꾼처럼 피에 굶주렸어. 과수원 끝에서 자넬 노리고
있단 말이지. 칼을 뽑고, 절대 방심하지 말게. 자넬 공격할 자
는 날래고, 솜씨 좋고, 또 치명적이라네.

비올라 잘못 아닌 거 같네요, 경. 저한테 싸움 걸 사람이 있을 리
없는데요. 제 기억에는 누구한테 무례를 범한 심상이 전혀 없
고 깨끗한걸요.

토비 경 딴 일이 있을 거야, 분명. 그러므로, 목숨이 조금이라도
아깝다면, 몸조심 하시게. 자네의 적은 젊음과 힘, 기술, 그리
고 분노가 제공하는 모든 것을 갖추었거든.

비올라 도대체, 경, 그가 누구인데요?

토비 경 기사라네. 칼을 찼으나 전쟁엔 나가 본 적 없고 궁궐 연
줄로 어찌어찌 작위를 받은 놈이지만 일대일 싸움에는 귀신
이야. 영혼과 육체를 이혼시킨 게 세 건이고, 이번에는 어찌
나 분통 터져 하는지 단말마의 고통과 시체가 놓인 관을 보아
야만 진정이 될걸. 전부 아니면 꽝이 그의 신조야, 죽기 아니
면 살기라고.

비올라 집으로 다시 들어가 아씨의 배웅을 청할까 봐요. 전 싸움
을 전혀 못해요. 일부러 싸움을 걸어, 자기 용기를 시험해 보
는 부류가 있다더니, 그런 기질인가 보네요.

토비 경 이보시게, 그게 아냐. 그가 노한 것은 그만한 모욕을 받
았기 때문이야. 그러니 이대로 가서 그가 하자는 대로 하라
구. 집으로 다시 들어간다면 내가 자네한테 결투를 신청하겠

네, 그자보다 내가 더 어려운 상댈걸. 그러니 계속 가든가, 아니면 칼을 시퍼렇게 뽑아 보라니까, 왜냐면 자넨 결투를 해야해, 확실하다구, 아니면 칼 차기를 포기하든지.

비올라 이건 무례하고도 괴상한 짓입니다. 청컨대 부디 호의를 베푸사 그 기사한테 물어봐 주시죠, 제가 그한테 뭘 잘못했는지. 부주의해서 그랬을지는 몰라도, 고의로 그랬을 리는 없어요.

토비 경 그래 주지. 파비안 군, 내가 돌아올 때까지 이 신사분을 지키고 있게. 〔퇴장〕

비올라 제발요, 아저씨, 무슨 일인지 아십니까?

파비안 내가 아는 건 그 기사가 엄청 화가 나서 당신한테 죽음의 결투를 신청했다는 것뿐, 전후 사정은 더 아는 게 없소.

비올라 근데 도대체, 어떤 사람인가요?

파비안 외모로는 별 볼일이 없지만 용기는 철철 넘치죠. 정말, 선생. 일리리아 어디를 찾아봐도 그처럼 솜씨 날래고, 피에 굶주리고, 또 치명적인 상대를 찾아볼 수 없을 정도요. 선생이 그와 마주한다면 내가 화해를 청해 보기는 하겠소만.

비올라 그래 주시면 정말 고맙겠네요. 전 기사보다는 목사와 어울리는 편이라—내 기질이 그렇다는 걸 만천하가 알아도 상관없구요. 〔둘 다 퇴장〕

토비 경과 앤드루 경 등장

토비 경 정말이라니까, 자네, 그는 악마 그 자체야. 여자 전사도 그리 앙칼지지는 않을 것이네. 내가 한 번 붙어 봤거든, 칼과 칼집, 온갖 걸로, 그런데 그자의 찌르기가 정말 급소 직방이야, 어김이 없다구, 그리고 되받아치는 건 어떻고, 발이 발 딛는 땅바닥을 치듯 확실하더란 말이지. 페르시아 군왕 펜싱 교사였다니까 말 다했지.

앤드루 경 젠장, 결투를 말아야겠네.

토비 경 맞아, 그치만 그가 진정될 기미가 없어요. 파비안이 가까스로 저쪽에 잡아 놓기는 했는데.

앤드루 경 넨장맞을, 그자가 용감하고 또 펜싱에 그렇게 능한 줄 알았다면 벼락 맞아 죽길 기다릴망정 결투 신청을 안 했을 거 아닌가. 그냥 넘어가 주면 내 회색 말 캐퓰렛을 준다고 그래 보시오.

토비 경 제안을 해 보겠네. 여기 서 있게, 늠름한 자세로 말야—목숨 잃는 일 없이 사태가 수습되어야겠지.
    〔방백〕 옳거니, 너를 등쳐먹었으니 네 말에 올라타야지.

        〔파비안, 그리고 세사리오로 변장한 비올라 등장〕

    〔파비안에게〕 싸움을 해결해 주는 대가로 그의 말을 챙겼어, 저 청년이 악마라고 겁을 줬거든.

파비안 〔토비 경에게〕 정말 겁에 질렸군요. 곰한테 바짝 쫓기는 것처럼 헐떡대고 얼굴이 새하얀 것이.

토비 경 〔비올라에게〕 돌이킬 수가 없네, 이보게, 맹세 때문에 자네와 싸우겠다는 거야. 다행히도, 이 싸움에 대해 다시 생각해 보았는데, 그 계기란 게 언급할 가치도 별로 없는 것이었다고는 하네. 그러니 그의 맹세를 지켜 주는 표시로 칼을 **빼**시게, 상처는 내지 않겠다니까.

비올라 〔방백〕 하나님, 저를 지켜 주세요. 자칫하면 내가 남자에 한참 모자란다는 게 들통 나겠네.

파비안 〔앤드루 경에게〕 저자가 격하게 나오면 물러나세요.

토비 경 자, 앤드루 경, 돌이킬 수가 없네, 신사분께서 자기 명예를 위해 한 합 하시겠다는 거야. 결투 관행 때문에 피할 수 없다는 거지. 하지만 그가 내게 약속을 했어. 신사로서 또 군인으로서, 자네한테 상처를 입히지는 않겠다고 말야. 자, 어서.

앤드루 경 하나님, 그가 약속을 지켜 주기를.

        안토니오 등장

비올라 이건 정말 내 뜻이 아니오.

        앤드루 경과 비올라 각자 칼을 뽑는다.

안토니오 〔자기 칼을 뽑으며, 앤드루 경에게〕 칼을 치우라. 이 젊은 신사분이
        잘못을 했다면, 내가 그 허물을 쓰겠다.
        당신이 그한테 잘못했다면, 내가 대신 상대해 주리라.

토비 경 당신이, 선생? 어라, 당신 누구요?

안토니오 저분이 당신께 했던 약속이 뭐든
        사랑으로 그 이상을 감행할 사람이오.

토비 경 〔자기 칼을 뽑으며〕 이런, 네가 나서겠다 이거냐, 내가 상대해 주마.

        경관들 등장

파비안 오, 토비 경 나리, 멈춰요. 경찰들이 와요.

토비 경 〔안토니오에게〕 곧 다시 만나게 될 거야.

비올라 〔앤드루 경에게〕제발, 선생, 괜찮다면 칼을 좀 거두어 주시
　　　죠.

앤드루 경 그러고말고요. 선생, 그리고 제가 한 약속은 꼭 지키겠
　　　습니다. 온순한 놈이니까요. 고삐에 익숙하고요.

　　　　　앤드루 경과 비올라 각자 칼을 거둔다.

경관 1 이자야, 잡으라구.

경관 2 안토니오, 오시노 공작의 명으로 그대를 체포한다.

안토니오 사람 잘못 보셨소, 경관 나리.

경관 1 천만에, 이봐, 어림없다. 난 네놈 얼굴을 환히 알아.
　　　지금은 선원 모자를 쓰지 않았지만 말야.
　　　〔경관 2에게〕이자를 연행하게, 내가 절 잘 안다는 걸 저도 알
　　　거야.

안토니오 할 수 없군. 〔비올라에게〕나리를 찾다 이리 되고 말았소
　　　그려.
　　　하지만 엎질러진 물, 죗값을 치러야죠.
　　　어쩌죠? 이 지경이 되었으니
　　　내 지갑을 돌려받아야 되겠어요. 슬프네요,
　　　나리를 위해 내가 아무것도 할 수 없다는 사실이
　　　내가 처한 신세보다 훨씬 더 슬퍼요. 어안이 벙벙하시죠,
　　　하지만, 진정하세요.

경관 2 자, 이봐, 가자구.

안토니오 〔비올라에게〕그 돈을 좀 돌려받아야겠소만.

비올라 무슨 돈 말씀이시죠, 선생?
　　　방금 보여 주신 호의도 있고,

지금 처하신 어려움도 그렇고 하니,

내 얼마 안 되는 능력 중

얼마쯤 빌려 드리겠습니다. 가진 게 많지는 않아요.

당장 있는 현금을 나눠 드리지요.

받으세요. 〔돈을 건네며〕 지갑에 든 총액의 반입니다.

안토니오 나를 모르겠다는 거요?

내가 이제껏 보여 준 호의로

부족하다는 겁니까? 나의 불행을 시험치 마시오,

내 심성이 마구 비틀어져서

내가 베푼 바로 그 친절로

나리를 책망할까 두렵소.

비올라 그런 건 알지 못합니다.

당신 목소리도, 외모도 처음 본 분이구요.

전 인간의 배은망덕을 증오합니다,

거짓말이나, 허영, 헛소리 술주정보다도 더,

우리의 허약한 핏줄에 스며들어

마구 오염시키는 어떤 악덕보다 더 증오하는걸요.

안토니오 오 이럴 수가!

경관 2 갑시다, 이보쇼, 가자니까.

안토니오 잠시 얘기를 하게 해 주시오. 여기 있는 이 청년을

내가 죽음의 아가리 거의 직전에 살려 주었소,

그토록 지극한 사랑의 정성으로 구해 주었소,

그의 외양이 내가 보기에 너무도

존경스러워, 정성을 바쳤단 말이오.

경관 1 그게 우리와 무슨 상관이야? 시간 없다, 가자.

안토니오 그런데 오, 신처럼 보이던 사람이 이리 악독한 우상이라
　　　니!
　　　너는, 세바스찬, 잘생긴 사람들의 수치야.
　　　자연에 흠이 있는 것은 마음뿐이야.
　　　못돼먹은 마음만 꼴불견이지.
　　　미덕은 아름다우나, 번지레한 사악함은
　　　악마가 화려하게 치장한 텅 빈 상자로다.
경관 1 이자가 실성을 하는군, 데려가, 가자, 가자구.
안토니오 앞장서시오.

　　　　　　안토니오와 경관들 함께 퇴장

비올라 〔방백〕 그의 말이 이리도 격정적인 걸로 봐서는
　　　거짓말이 아닌 것 같아. 하지만, 믿어도 될까.
　　　사실이어 다오, 상상이여, 오 사실이어 다오,
　　　나를, 사랑하는 오빠, 당신으로 착각한 것이기를!
토비 경 이리 오게, 기사 양반. 이리 와, 파비안. 가장 그럴듯한 격
　　　언이나 한두 마디 속삭이자구.

　　　　　　세 사람이 한옆으로 선다.

비올라 그가 세바스찬이라고 불렀어. 내가 아는 오빠는
　　　아직 내 거울 속에 살아 있지. 바로 이랬거든,
　　　오빠 모습이, 그리고 언제나 이런
　　　복장과 색깔과 장식으로 돌아다녔다구,
　　　난 오빠 모습을 본뜬 거고. 오, 만일 그렇다면,
　　　태풍은 친절하고, 짜디 짠 파도도 새로운 사랑에 넘실대는

것이리! 〔퇴장〕

토비 경 〔앤드루 경에게〕 아주 치사하고, 하찮은 놈일세, 토끼보다
　　더 겁이 많은 놈이야. 곤경에 처한 친구를 보고도 모른 체했
　　으니 당연 치사하고, 비겁하다는 건, 그건 파비안에게 물어보
　　시게.

파비안 겁쟁이죠. 아주 충실한 겁쟁이, 거의 종교적이던걸.

앤드루 경 그렇다면, 내가 쫓아가 볼까, 가서 때려 줄까.

토비 경 그러라구. 아주 요절을 내, 하지만 칼은 절대 뽑지 말게.

앤드루 경 만일 내가 안 그런다면—. 〔퇴장〕

파비안 가 보죠. 어떻게 되나.

토비 경 내 전 재산이라도 걸지. 아무 짓도 못한다에.

　　　모두 퇴장

제4막

상상이 계속 내 감각을 망각의 레테 강에 잠겨 있게 하라.

이런 꿈을 꾸는 거라면, 나를 계속 잠자게 해 다오.

4막 1장

올리비아 저택 근처

세바스찬과 광대 페스테 등장

페스테 그러니까 당신은 내가 모시러 온 그 사람이 아니다?

세바스찬 저리 좀 가쇼, 당신 바보 같은 사람이로군,

　　　날 귀찮게 하지 말라구.

페스테 그럴듯하군, 정말! 그래, 난 당신을 모르고, 아씨가 당신과

　　　나눌 말씀이 있으니 모셔 오라고 나를 보낸 것도 아니고, 당

　　　신 이름이 세사리오 님인 것도 아니고, 이게 내 코가 아니고,

　　　그렇단 말이지. 그런 것은 아무것도 그렇지 않다는 말씀.

세바스찬 제발 그 헛소리 좀 딴 데 가서 뱉으라니까.

　　　당신 날 모르잖아.

페스테 헛소리를 뱉으라! 뭔가 대단한 양반 말을 챙겨 듣고, 바

　　　보한테 써먹겠다는 셈이군. 헛소리를 뱉으라—이 엄청난 시

　　　골뜨기 세계가 응석받이 애새끼로 드러나지 않을까 겁나는

　　　군. 청컨대 부디 그대 날 모르는 체 마시고, 말해 주오, 우리

　　　아씨께 뭐라 '뱉어' 드릴지. 당신이 오신다고 '뱉어' 드릴깝

　　　쇼?

세바스찬 제발, 이 그리스 광대 놈, 내게서 사라져 다오.

옜다. 돈이다. 계속 안 꺼지면
국물도 없어.

페스테 참으로. 그 양반 손 하나는 후하구먼. 바보들한테 돈을 주
는 현명한 자들은 좋은 평판을 얻는 거지, 좀 비싼 가격에 말
야.

앤드루 경, 토비 경, 그리고 파비안 등장

앤드루 경 〔세바스찬에게〕 그래, 이놈, 다시 만났겠다?
〔세바스찬을 치며〕 맛 좀 봐라, 이놈.

세바스찬 〔단도로 앤드루 경을 치며〕 어럽쇼, 그래 맛 좀 봐라, 이놈,
이놈, 이놈.
이자들이 모두 미쳤나?

토비 경 〔세바스찬에게, 그를 말리며〕 그만, 이봐, 멈추라구, 그 단도
를 담장 너머로 던져 버리기 전에.

페스테 아씨께 당장 고해야지, 고작 2펜스 받고 내가 휘말릴 건
없다구. 〔퇴장〕

토비 경 자 자, 이 사람, 진정하라니까.

앤드루 경 아니, 그냥 냅둬, 그자를 다른 방법으로 상대해 주겠어.
폭행죄로 고소해야지, 일리리아에도 법은 있을 테니. 내가 먼
저 쳤지만, 그건 문제가 아니지.

세바스찬 이 손 치우시오.

토비 경 진정하라니까, 놔 줄 수가 없잖아. 자, 자, 젊은 군인 양
반, 칼 치우시게. 물 오른 솜씨구만. 자, 자.

세바스찬 〔몸을 빼내며〕 놓으라니까. 원하는 게 뭐냐?
계속 이렇게 성미를 돋우려면, 칼을 뽑아라.

토비 경 뭐라, 뭐시라? 오냐 그렇다면, 그 시건방진 피를 한두 온
스 흘리게 해 주마.

> 토비 경과 세바스찬 각자 칼을 뽑아 든다.
> 올리비아 등장

올리비아 멈춰요, 토비, 멈추지 않으면 몸이 성치 못할걸요.
토비 경 얘야.
올리비아 정말 이럴 거예요? 배은망덕한 양반 같으니,
　　산골짜기나 맹수들의 동굴에나 딱 맞는 인사군요,
　　예의라고는 눈곱만치도 찾아볼 수가 없어—내 눈앞에서 사
라져요!
　　화내지 마셔요, 나의 세사리오.
　　〔토비 경에게〕 불한당, 꺼져 버려요.

> 〔토비 경, 앤드루 경, 그리고 파비안 퇴장〕

　　부디, 착한 친구분,
　　격정이 아니라 아름다운 지혜한테 당신을 맡기셔요,
　　무례하고 부당하게 당신은 공격 받으셨어요,
　　당신의 평정심을 말예요. 저와 함께 집으로 가셔요,
　　그러면 제가 들려드릴게요, 쓸데없는 말썽을 얼마나 많이
　　이 악당이 어쭙잖게 벌였는지. 그러면
　　그냥 웃고 마실 거예요. 어쩔까 생각 말고 오셔요.
　　거절하지 마셔요. 그 사람 넋 빠진 인사라니까요,
　　당신께 드린 제 불쌍한 마음을 그가 놀래켰네요.
세바스찬 이게 도대체 무슨 일이지? 어떻게 돌아가는 거야?
　　내가 미쳤거나, 아니면 이게 꿈이거나.

상상이 계속 내 감각을 망각의 레테 강에 잠겨 있게 하라.

이런 꿈을 꾸는 거라면, 나를 계속 잠자게 해 다오.

올리비아 그러지 말고, 오셔요, 제발, 제 말대로 하셔요.

세바스찬 아가씨, 그러겠소.

올리비아 오, 바로 그 말씀, 그리고 말씀대로 되기를.

모두 퇴장

4막 2장

올리비아 저택

말볼리오는 무대 밖 '컴컴한 방에 묶여' 있다.
가운과 가짜 수염을 든 마리아와 광대 페스테 등장.

마리아 아니, 이 가운과 수염을 걸치고 그 앞에서 미치광이 구마
　　　　사제 토파즈 선생 노릇을 하라니까. 서둘러요. 그동안 나는
　　　　토비 경을 불러올 테니까. 〔퇴장〕
페스테 그깟 거, 걸치지 뭐, 그리고 변장을 하는 거야, 근데 이왕
　　　　이면 내가 이런 변장을 한 최초라면 좋겠네.

　　　　　　〔변장을 한다〕

　　　　몸이 더 나야 사제 역할을 제대로 할 텐데, 훌륭한 신학자
　　　　노릇이라면 살이 더 빠져야 하고, 하지만 성실한 사내이자 마
　　　　음씨 착한 집주인 소리 듣는 것도 '사려 깊은 사람이자 위대
　　　　한 학자'만 못할 게 없지. 공범들 등장하시고.

　　　　　　토비 경과 마리아 등장

토비 경 주피터의 축복을, 사제 선생님.
페스테 보노스 디스, 이 라틴어가 맞나? 안녕하시오, 토비 경, 그
　　　　게 말씀이야. 프라하의 노 은둔자께서 전설적인 영국 왕 고보

덕의 질녀한테 그랬거든, '있는 것은, 있다' 그러므로 나는, 사제 선생님이니 사제 선생님이라구, '것'은 바로 '것'이고, '있는'은 '있다' 아니고 뭐겠나?

토비 경 그를 봐주시오, 토파즈 선생.

페스테 이봐라, 내가 말하노니, 이 감옥에 평화가 깃들라.

토비 경 그놈 참 연기 잘하네─솜씨가 괜찮아.

　　　말볼리오, 안에서

말볼리오 거기 누구요?

페스테 토파즈 사제이시다. 미치광이 말볼리오를 심방 오셨느니라.

말볼리오 토파즈 선생, 토파즈 선생, 우리 토파즈 선생님, 우리 아씨를 불러 주세요.

페스테 꺼져라, 황당무계한 악령 같으니, 이분을 이렇게 괴롭히다니! 여자 말고는 할 말이 없느냐?

토비 경 좋은 말씀입니다, 사제 선생님.

말볼리오 토파즈 선생, 세상에 이런 억울할 일이 또 없습니다요. 훌륭하신 토파즈 선생님, 저는 미치지 않았어요. 그자들이 저를 이 무시무시한 어둠 속에 가두었다고요.

페스테 닥쳐라, 이 거짓부렁 사탄─내가 가장 부드러운 호칭을 쓰는 건줄 알아라, 이놈, 난 마음씨가 착해서 악마한테조차 예의를 지키거든. 방이 어둡다고 했느냐?

말볼리오 지옥처럼요, 토파즈 선생.

페스테 지랄, 바리케이드처럼 투명한 개구리 불뚝 창에 남북향 윗창까지 나서 칠흑처럼 빛나는데도, 넌 앞이 안 보인다고 불펑이냐?

말볼리오 저는 미치지 않았어요, 토파즈 선생님. 이 방은 정말 깜
　　　　깜하다니까요.

페스테 미친놈, 그러니 미쳤다지. 깜깜한 게 아니라 무지한 거라
　　　　니까, 무지 속에 네가 안개 재앙 속 이집트 놈들보다 더 어쩔
　　　　줄 몰라 하는 거라니까.

말볼리오 이 방이 무지처럼 깜깜하다니까요. 무지가 지옥처럼 깜
　　　　깜한 것일망정요. 그리고 제가 이렇게 험한 꼴을 당하기는 처
　　　　음이에요. 선생님과 마찬가지로 전 미치지 않았어요. 논리 문
　　　　답을 해 보면 아실 거예요.

페스테 피타고라스가 들새를 두고 뭐라 그랬지?

말볼리오 우리 할머니 영혼이 아마도 새 안에 깃들어 있다.

페스테 그 견해에 대한 자네 생각은?

말볼리오 난 영혼을 숭고하게 생각합니다. 그 견해를 결코 받아들
　　　　일 수 없어요.

페스테 땡. 그냥 어둠 속에 있게. 감히 피타고라스 견해를 무시하
　　　　다니 제정신이라고 인정해 줄 수가 없지. 그나저나 멍청한 딱
　　　　따구리 함부로 잡지 마시게. 자네 할머니 영혼이 끝장나는 건
　　　　지도 모르니. 잘 있으시게.

말볼리오 토파즈 선생, 토파즈 선생님!

토비 경 정말 연기 하나는 끝내주는 우리 토파즈 선생님.

페스테 무슨 소리, 난 만능이야.

마리아 수염과 가운은 괜히 가져왔네, 그가 당신을 보지 못하니.

토비 경 〔페스테에게〕 진짜 자네 목소리로 말을 걸어 보게. 그리고
　　　　뭐라는지 내게 말해 줘. 이제 이 짓도 끝내는 게 좋을 것 같

아. 슬그머니 풀어 주면, 그게 좋겠지, 조카한테 하도 찍혀서 이런 장난 끝까지 밀어붙였다가는 아무래도 무사치 못할 것 같거든. [마리아에게] 그나저나 내 방으로 가세나.

마리아와 함께 퇴장

페스테 [노래한다] '어이 로빈, 유쾌한 로빈,
          자네 아씨는 어떤가.'
말볼리오 광대!
페스테   '우리 마님은 성질이 못됐어, 정말.'
말볼리오 광대야!
페스테   '저런, 왜 그러신대?'
말볼리오 광대야, 여기다!
페스테   '다른 님이 생기셨거든.'
          누가 부르는 거지, 엉?
말볼리오 착한 광대야, 앞으로 내가 늘 잘 봐줄 테니 양초와 펜, 잉크, 그리고 종이 좀 갖다 다오. 신사로서 약속컨대 그 은혜는 절대 잊지 않으마.
페스테   말볼리오 님?
말볼리오 그래 나야, 착한 광대야.
페스테   아하, 집사님, 다섯 가지 맨 정신을 다 놓으시니 기분이 어떠슈?
말볼리오 이런 바보, 나처럼 형편없이 당한 사람이 있었을라구. 나는 전혀 제정신이다, 바보야, 네가 그렇듯.
페스테   바보가 그렇듯 말요? 그럼 정말 미친놈일세, 바보보다 더 맨 정신일 게 없다니.

말볼리오 그자들이 나를 짐짝처럼 여기 처박았어, 깜깜한 데 가두
　더니, 사제라는 자도 데려오고, 뭐라 뭐라 훤수작 해 대며 날
　미친놈 만들려고 기를 쓰더라구.
페스테 어허 말조심 하셔야지. 그 사제님 여기 계시는데.
　　〔토파즈 목소리로〕말볼리오, 말볼리오, 하늘이 자네 맨 정신
　을 돌려주시기를. 애써 잠을 청하시게, 헛소리 마구 지껄이지
　말고.
말볼리오 토파즈 선생님.
페스테 〔토파즈 목소리로〕그와 말을 계속 나누면 안 좋아요, 착한
　친구.
　　〔자기 목소리로〕저 말입니까, 선생? 전 안 해요, 선생. 하나님
　의 가호가 있기를, 친절하신 토파즈 선생. 〔토파즈 목소리로〕그
　럼, 아멘. 〔자기 목소리로〕그러죠, 선생. 그러겠습니다.
말볼리오 광대, 이봐, 광대, 내 말 들으라니까.
페스테 저런, 집사님, 참으세요. 무슨 말이에요, 집사님? 당신한
　테 말 건다고 야단맞았잖아요.
말볼리오 착하지 광대야, 불하고 종이 좀 갖다 다오. 일리리아를
　통틀어 나보다 더 정신 멀쩡한 사람은 없다니까.
페스테 저런 그러셨군요, 선생.
말볼리오 이 손에 맹세코, 난 제정신이야. 광대야, 착하지, 잉크,
　종이 좀, 그리고 초하고, 그리고 내가 쓴 걸 아씨한테 전해 다
　오. 가장 수지맞는 편지 심부름이 될 거야.
페스테 그리해 드립죠. 하지만 진짜 말해 봐요, 당신 정말 미친
　거요, 아니면 그냥 시늉만 그런 거요?
말볼리오 날 믿으라구, 난 미치지 않았어, 정말이네.

페스테 에이, 대갈통 속을 들여다보기 전에야 미친놈 말을 어떻
　　　게 믿겠어. 초하고, 종이, 잉크를 갖다 드리기는 드립죠.

말볼리오 바보야, 내가 최상으로 보답을 하겠다. 제발 부탁이야,
　　　어서.

페스테　　나는 가네, 선생,
　　　　　그리고 금방, 선생,
　　　　　　다시 돌아올 것이네,
　　　　　순식간에,
　　　　　늙은 악덕에게 달려가듯
　　　　　　당신의 필요를 채우기 위해
　　　　　수수장 단도를 들고
　　　　　노발대발한 채
　　　　　　외치지, 악마에게 '아하,'
　　　　　미치광이 애새끼처럼 외치지,
　　　　　'손톱이나 깎으슈, 아빠,
　　　　　　잘 있어, 평민 악마놈.'

　　　　　퇴장

4막 3장
올리비아 저택 근처

세바스찬 등장

세바스찬 이건 공기다, 저건 광휘로운 태양이고.

　　　이 진주는 그녀가 내게 준 것, 손으로 만지고 눈으로 볼 수 있어,

　　　모종의 신비가 나를 온통 감싸고 있지만,

　　　미친 건 아냐. 그렇담 안토니오는 어딨는 거지?

　　　코끼리 여관에는 없었어,

　　　하지만 들르기는 했더군, 거기 사람들이 얘기를 해 주었지,

　　　나를 찾으러 시내를 돌아다닐 거라고 말야.

　　　그의 도움말이 정말 황금만큼이나 귀한 때군,

　　　이성과 감각이 서로 잘 어울리기는 하지만,

　　　이건 뭔가 잘못된 걸지 몰라, 미친 건 분명 아니지만,

　　　이런 사건과 행운의 홍수는

　　　전례가 없거든, 이치에도 맞지 않고,

　　　그래서 내 눈을 내처 의심할 정도고,

　　　미치지 않았다며 계속 우기는

　　　내 이성과 말다툼을 하고 싶을 정도라구,

아니면 그 여인이 미쳤거나. 하지만 그렇다면

그녀가 집안을 다스리고, 하인들에게 명을 내리고,

결정을 내리고 일을 끝까지 챙기는 거동이 이리 매끄럽고,

사려 깊고, 현명하고 안정될 수는 없지 않은가,

내가 보기에는 분명 그러한데 말야. 뭔가 있어, 어딘가

미심쩍다구. 저기 그녀가 오는군.

올리비아와 사제 등장

올리비아 제가 너무 서두른다고 책망 마세요. 제게 호감을 갖고
계시다면

지금 저와 함께, 그리고 이 성직자분과 함께 가 주세요.

근처 성당으로요. 거기서 이분을 모시고,

그 거룩한 지붕 아래서,

제게 평생 변치 않을 서약을 해 주세요.

그래야 불안하고 너무도 의심 많은 제 영혼이

평안을 얻을 수 있습니다. 이분이 입을 닫으실 거예요.

당신이 밝히기를 꺼려하신다면요.

때가 되면 식을 치르기로 해요.

제 신분에 합당하게. 어떠신가요?

세바스찬 이 훌륭한 분을 따라가겠소, 당신과 함께 가서,

진실을 맹세하고, 영영 그 맹세를 따르겠소.

올리비아 그럼 앞장서세요, 너그러우신 사제님, 그리고 하늘이 찬
란하게 빛나

제가 내린 이 결정을 은총으로 빛내 주시기를.

모두 퇴장

제5막

그 모든 말을 제가 다시 한 번 맹세하고,
그 모든 맹세를 영혼으로 지키겠습니다,
낮과 밤을 가르는
궤도의 태양이 그 불을 지키듯.

5막 1장
올리비아 저택 앞

광대 페스테와 파비안 등장

파비안 자, 자네가 날 좋아한다 했으니, 그가 쓴 편지를 보여 다
오.

페스테 훌륭하신 파비안 님, 청이 하나 더 있습니다.

파비안 무엇이든.

페스테 이 편지를 보고 싶어 하지 말아 주세요.

파비안 개를 주고 나서 그 보답으로 개를 다시 돌려 달라는 놈이
있었다더니.

공작, 〔세사리오로 변장한〕 비올라, 큐리오, 그리고 귀족들 등장

오시노 올리비아 아씨 댁 사람들인가, 자네들?

페스테 맞아요, 공작님, 아씨의 장식물들인 셈이죠.

오시노 자네는 내가 잘 알지. 어떻게 지내나, 착한 친구?

페스테 참으로, 공작님, 원수 덕에 더 낫게, 친구 때문에 더 나쁘
게 지내고 있습니다.

오시노 정반대겠지—친구들 덕분에 더 잘 지내는 거 아닌가.

페스테 아니죠, 공작님, 더 나빠요.

오시노 어찌 그런 일이?

페스테 그게 이래요. 공작님, 친구들은 나를 칭찬하는데, 그건 나
를 바보라고 엿 먹이는 거죠. 적들은 톡 까놓고 나더러 멍청
이라고 하는데, 그 적들 덕에, 공작님, 제가 제 자신을 알게
되는 이점이 있구요, 친구들한테는 제가 기만당하는 거구. 그
래서, 처녀가 입 맞추자면 안 돼요, 돼요, 돼요 한다는 거, 부
정 네 번이면 긍정 두 번인 셈이라는 거, 그런 결론이 되겠습
니다. 그거나, 친구들 때문에 형편이 더 나빠지고, 적들 덕분
에 더 좋아진다는 얘기나.

오시노 거, 논리 한번 기막히도다.

페스테 참으로, 공작님, 사는 게 그래요. 공작님은 제 친구 중 한
명이실 테지만.

오시노 〔돈을 주며〕 나 때문에 형편이 더 나빠져서는 안 되지. 금활
세.

페스테 이중거래가 되겠지만, 공작님, 한 닢 더 주시면 어떨까
요?

오시노 어라, 못된 짓 가르치자는 수작일세.

페스테 이번만은 체통 호주머니에 넣으시고, 공작님, 본능을 따
르게 하시는 것이.

오시노 좋다, 나도 이중거래라는 죄 한번 지어 보자꾸나. 〔돈을 주
며〕 옜다, 한 닢.

페스테 하나, 둘, 셋 던지기는 훌륭한 놀이죠, '삼세번 운이 좋다'
는 옛말도 있구요, 삼박자라는 것도, 공작님, 삼박자도 경쾌
하잖습니까. 성 베넷 교회 종도, 공작님, 이런 식이잖아요—
'하나, 둘, 셋.'

오시노 주사위를 그런 식으로 던져 봤자 내가 바보 아니고서야 돈을 또 주겠느냐. 아씨께 드릴 말씀이 있어 내가 왔다 전하고, 이리로 모셔 온다면, 더 주고 싶은 마음이 다시 깨어날지도 모르지.

페스테 그럽죠, 공작님, 제가 돌아올 때까지 공작님의 자비심한테 자장가나 들려주세요. 저 갑니다, 공작님, 하지만 갖고 싶은 제 욕망을 탐욕죄라고 생각 안 하시면 좋겠군요. 어쨌거나 말씀하신 대로, 공작님, 공작님의 자비심을 잠깐 재워 두세요, 제가 곧 깨워 드릴 테니까. 〔퇴장〕

안토니오와 경관들 등장

비올라 저기 오시는 분이, 공작님, 저를 구해 주셨어요.

오시노 저자 얼굴은 내가 똑똑히 기억하지,
　　　　마지막으로 봤을 때는 온통 포연에 절어
　　　　대장장이 신 벌컨 모습이었는데,
　　　　보잘것없는 배 한 척의 선장이었어,
　　　　흘수(吃水)량도 부피도 형편없었지,
　　　　그런데 그 배로 엄청 무서운 파괴력을 발휘,
　　　　우리 함대 중 가장 용기 있는 전함을 박살 내더라고,
　　　　적대감도, 상실의 탄식 그 자체도
　　　　그에게 찬사와 명예를 바칠 정도였다니까. 무슨 일이냐?

경관 1 오시노 공작님, 이자가 그 안토니오입니다
　　　　캔디아에서 피닉스호와 그 화물을 납치했던 그자,
　　　　그리고 타이거호를 습격,
　　　　공작님의 어린 조카 티투스 님의 다리를 잃게 만든 그자입니다.

　　백주대로에서, 제 처지도 까먹은 채

　　시민과 시비를 벌이고 있는 것을 우리가 체포했습니다.

비올라　저분이 제게 친절을 베푸셨어요, 공작님, 저를 보호하려

　　칼을 뽑으셨죠,

　　하지만 나중에는 제게 이상하게 구시더라고요.

　　실성하신 게 아니면 무슨 소린지 도무지.

오시노　〔안토니오에게〕이 악명 높은 해적, 바다 도적놈,

　　무슨 어리석은 똥배짱으로 여길 왔다가 붙잡혔더란 말이

　　냐.

　　네가 그토록 피비리고 끔찍하게

　　네 적으로 돌린 사람들한테?

안토니오　오시노, 고매하신 공작님,

　　괜찮으시다면 공작께서 내게 붙인 이름은 사양하겠습니다.

　　안토니오는 이제껏 도적이나 해적이었던 적이 결코 없소,

　　비록, 고백컨대, 충분한 근거로

　　오시노의 적이긴 하지만. 난 마법에 홀려 이곳에 왔소.

　　거기 당신 곁에 있는 아주 배은망덕한 소년을

　　거친 바다의 분노한 거품투성이 입에서

　　내가 구해 주었단 말이오. 가망 없는 난파물이었소, 그는.

　　그의 생명을 내가 그에게 주었소, 그리고 덧붙여

　　내 사랑도 아낌없이 주저 없이

　　모두 그에게 바쳤소. 그를 위하여

　　내 자신을 노출시켰소, 오로지 그 사랑을 위하여,

　　이 적대적인 도시의 위험 속으로,

칼을 뽑았소, 곤경에 처한 그를 보호하기 위해,

그러다 거기서 체포되었는데, 그의 거짓투성이 교활함이—

위험에 처한 나와 함께할 생각이 없었으므로—

가르쳤지요, 뻔뻔스럽게도 나를 모르는 사람처럼 대하라
고,

그리고 20년이나 떨어진 물건 대하듯 했소,

눈 깜짝할 순간인데 말이오, 내 지갑도 돌려주지 않았소,

그에게 써도 좋다고 맡긴 것이

불과 반 시간 전인데 말입니다.

비올라 이게 어떻게 된 거지?

오시노 그가 이곳으로 온 게 언젠가?

안토니오 오늘이오, 공작님, 그리고 그 전 석 달 동안,

아무 간격 없이, 일 분의 공백도 없이

밤이건 낮이건 우리는 함께 있었소.

올리비아와 시종들 등장

오시노 백작 아씨께서 오시는군. 하늘이 땅 위를 걷고 있도다.

하지만 자네,—자네 말은 미친 소리야.

석 달 동안 이 청년은 내 시중을 들었다.

하지만 그 얘기는 나중에 더 하기로 하고. 데려가거라.

올리비아 뭘 원하시는가요, 공작님, 제가 드릴 수 없는 것은 말고,

무엇을 도와드릴까요?

세사리오, 당신은 저와 한 약속을 어기셨어요.

비올라 아씨—

오시노 상냥한 올리비아—

올리비아 말씀 한번 해 보셔요, 세사리오? 훌륭하신 공작님―.

비올라 제 주인께서 말씀하시려는데, 제가 나설 수는 없지요.

올리비아 늘 하시는 그 얘기라면, 공작님,

　　　　이젠 거슬리고 불쾌합니다.

　　　　음악 끝난 뒤 악쓰는 수리처럼요.

오시노 여전히 그리 매정하시오?

올리비아 여전히 그리 변함이 없는 거죠, 공작님.

오시노 아하, 뒤틀리기까지? 그대 콧대 높은 여인이로다,

　　　　그대 배은과 핀잔의 제단에

　　　　내 영혼 가장 신실한 희생을 번제했도다.

　　　　어느 누구도 그런 헌신 없었으리―난 어쩌란 말이오?

올리비아 공작님 신분에 맞게 좋으실 대로 하실 일입니다.

오시노 못하란 법 없소, 마음만 먹는다면,

　　　　그 이집트 인 도적처럼, 죽음의 순간을 맞아

　　　　죽일 수도 있지, 내가 사랑하는 이를―때론 숭고한 맛을 풍기는

　　　　야만적인 질투로 말이오. 이제 내 말 들으시오.

　　　　당신이 내 마음을 망각 속에 내던져 버렸으니,

　　　　그리고 당신의 호감 속에 있어야 할 내 자리에서 나를 뽑아내는

　　　　그 공구를 내가 알 듯도 하므로,

　　　　당신은 대리석 가슴의 폭군으로 그냥 사시오.

　　　　하지만 여기 당신의 연인, 당신이 그를 사랑하는 것을 내가 알기에,

　　　　그리고 그를, 하늘에 맹세코, 내가 끔찍이도 아끼오만,

그를 내가 그 잔인한 그대 두 눈에서 찢어 내겠소.

　　자기 주인이 참담하게도 그가 왕관을 쓰고 앉아 있는 그 눈에서.

　　〔비올라에게〕 가자, 애야, 나와 함께. 내 앙심이 무르익었도다.

　　내가 진정으로 사랑하는 어린 양을 희생시켜

　　비둘기 속 까마귀 심장을 애태워 주리라.

비올라　그러면 저는 유쾌하게, 기꺼이, 그리고 흔쾌히

　　공작님의 평안을 위해 천 번이라도 죽겠습니다.

올리비아　어디로 가는 거예요, 세사리오?

비올라　제가 사랑하는 그분 따라가지요,

　　이 두 눈보다 더 사랑하는, 제 목숨보다 더 사랑하는,

　　제 아내 될 사람보다 비교할 수 없을 만치 더 사랑하는 분입니다.

　　제가 부러 이러는 거라면, 하늘의 증인이시여,

　　내 사랑을 더럽힌 죄로 제 목숨을 벌하소서.

올리비아　아, 이런 혐오를 당하다니, 감쪽같이 속고 말았어!

비올라　누가 아씨를 속였다는 겁니까? 누가 아씨를 해코지했다구요?

올리비아　자기 자신을 망각해 버린 거예요? 얼마나 됐다구요?

　　신부님을 모셔 오거라.

　　　　　시종 한 명 퇴장

오시노　〔비올라에게〕 가자, 어서.

올리비아　어딜 가신다고요, 공작님? 세사리오, 여보, 멈추세요.

오시노 여보?

올리비아 예, 남편이에요. 그것도 부인하실래요?

오시노 〔비올라에게〕 그녀 남편이냐, 이놈?

비올라 아닙니다, 공작님, 전 아녜요.

올리비아 아아, 비열한 두려움이

　　　당신으로 하여금 당신 정체를 목 조르게 하는 거군요.

　　　두려워 마세요, 세사리오, 당신의 행운을 취하세요,

　　　당신이 아는 바 당신 자신이 되세요. 그러면 당신은

　　　당신이 두려워하는 그 사람 못지않게 높은 신분이 되시는

　　거예요.

　　　　　〔사제 등장〕

　　　오, 어서 오세요, 신부님.

　　　신부님, 신부직을 걸고 하셔야 합니다.

　　　이 자리에서 밝혀 주세요─아까는 우리 생각이

　　　당분간 묻어 두자는 것이었지만 이제 사세부득하니

　　　무르익기도 전에 드러내야겠어요─신부님이 아시는 바

　　　이 청년과 저 사이에 최근 무슨 일이 있었는지요.

사제 영원한 사랑을 맺는 계약이 있었습니다.

　　　두 사람의 마주 잡은 손이 확인했고,

　　　성스러운 입맞춤이 증언했으며,

　　　두 사람의 반지 교환이 강화했습니다,

　　　그리고 이 계약의 모든 의식은

　　　나의 사제 자격으로, 나의 증명에 의해 봉인되었습니다,

　　　그때로부터, 시계를 보니, 내 무덤 쪽으로

　　　두 시간밖에 가지 않았군요.

오시노 〔비올라에게〕 이런 표리부동한 놈, 싹수가 이렇게 노라니
　　　시간이 니 살가죽에 흰털을 뿌리면 아예 인간 말종이겠구
　　　나?
　　　아니면 네 간교함이 너무도 빨리 자라
　　　네가 놓은 덫에 네가 걸릴걸?
　　　꺼져라, 그녀를 데리고 살아. 하지만 다시는
　　　너와 내가 결코 만나지 않게 발길 조심하거라.
비올라　주인님, 이건 아녜요.
올리비아　오, 맹세하지 마셔요!
　　　자신을 좀 가지셔요, 아무리 겁을 먹었더라도.

　　　　　앤드루 경 등장

앤드루 경　제발 누가 좀, 의사를―당장 의사를 토비 경에게 보내
　　　주세요.
올리비아　무슨 일이에요?
앤드루 경　그자가 내 머리를 찔렀어요. 그리고 토비 경 머리도 피
　　　칠갑을 만들었어요. 제발 누가 좀, 도와줘요! 40파운드를 그
　　　냥 집에서 까먹는 건데.
올리비아　누가 이런 짓을 한 거예요, 앤드루 경?
앤드루 경　공작이 보낸 청년, 세사리오라는 자요. 겁쟁이 줄 알았
　　　는데, 악마의 화신이 따로 없더라구.
오시노　내가 보낸, 세사리오?
앤드루 경　어라, 여기 있네그려. 〔비올라에게〕 당신이 다짜고짜 내
　　　머리를 찔렀잖아, 뭐냐 그, 내가 그런 건 토비 경이 시켜서였
　　　다구.

비올라 왜 내게 그러시죠? 난 당신을 해친 적이 결코 없어요.
　　　당신이 아무 이유도 없이 나한테 칼을 뽑아 들었죠.
　　　하지만 난 예의를 갖추고 당신을 대했어요. 내가 당신을 해
　　치다니요.

　　　토비 경과 광대 페스테 등장

앤드루 경 피 칠갑 머리가 상해 맞다면 당신 나 상해한 거 맞아.
　　당신은 피 칠갑 머리가 아무것도 아니라고 생각하는 모양인
　　데. 토비 경이 오네, 절뚝거리잖아. 내 말 더 들어, 그분이 술
　　만 안 취했어도 당신을 되레 혼쭐냈을걸.
오시노 〔토비 경에게〕 웬 일이오, 경? 어쩌다 이렇게?
토비 경 별일 아니오, 그자가 날 찔렀소. 그게 다요. 〔페스테에게〕
　　어이 바보, 의사 양반 딕 보았나?
페스테 아, 그분 취했어요. 토비 경, 한 시간 전에 봤지. 아침 여덟
　　시에 두 눈이 지더라니까.
토비 경 망할 놈일세, 파반느 추듯 비틀거리는 놈. 난 고주망태가
　　싫어.
올리비아 그분을 데려가세요. 누가 두 분을 저 지경으로 만들었
　　지?
앤드루 경 내가 돕겠소, 토비 경, 상처를 같이 싸매야 할 테니까.
토비 경 니가 도와─돌대가리에, 바보 천치에, 악당, 얼굴 얇은
　　악당에, 봉이 니가?
올리비아 침대로 모셔 가요, 상처도 좀 보살펴 드리고.

　　　토비 경, 앤드루 경, 페스테, 그리고 파비안 퇴장

세바스찬 등장

세바스찬 〔올리비아에게〕 죄송합니다, 아가씨, 아가씨 친척분을 다
　　　치게 했네요,

　　　　　하지만 피를 나눈 내 동생이라도

　　　　　내 자신을 지킬 마음이라면 덜 하지 않았을 겁니다.

　　　　　저를 이상하게 바라보시는군요, 그러실 테죠,

　　　　　화가 많이 나셨다는 거 압니다.

　　　　　용서해 주시오, 상냥한 아가씨, 아주 최근

　　　　　우리가 서로에게 한 맹세를 위해서라도.

오시노 같은 얼굴, 같은 목소리, 같은 복장, 그런데 사람은 둘이
　　　군,

　　　　　거울 아닌 자연의 반사라, 있고도 없네.

세바스찬 안토니오! 오, 나의 안토니오,

　　　　　당신을 잃고부터는

　　　　　1분 1초가 고통이고 고문이었소!

안토니오 세바스찬이 당신?

세바스찬 믿지 못하겠다는 거요, 안토니오?

안토니오 어떻게 당신을 나누었소?

　　　　　두 동강 난 사과 쪽도

　　　　　이 두 사람처럼 쌍둥이일 수는 없어. 누가 세바스찬이오?

올리비아 이런 놀랄 일이!

세바스찬 〔비올라를 보며〕 내가 거기 서 있는 건가? 난 남동생이 없
　　　는데,

　　　　　내 기질 안에 신성한

편재 능력도 없고. 누이는 있었지,

하지만 눈먼 파도 더미가 집어삼켜 버렸어.

부디, 당신은 나와 어떻게 되오?

태어난 곳은? 이름은? 부모님은?

비올라 멧살린에서 태어났어요. 저희 아버님 이름은 세바스찬.

형 이름도 똑같이 세바스찬이었죠.

바로 그 복장으로 형은 바다에 묻혔습니다.

혼령들이 형태와 복장을 취할 수 있다면

당신은 우릴 놀래키러 오셨군요.

세바스찬 정말 혼령이 맞소.

하지만 나는 입었소. 다른 모든 필멸 인간들과 마찬가지로,

내가 자궁으로부터 입고 나왔던 살덩이를.

당신이 여자라면, 다른 모든 것으로 보건대,

당신 뺨에 내 눈물을 흘리며

말할 거요. '정말 반갑구나, 물에 빠져 죽은 비올라야'라고.

비올라 제 아버님은 이마에 사마귀가 있었습니다.

세바스찬 내 아버님도 그랬소.

비올라 그리고 비올라가 열세 살 되던 날 돌아가셨지요.

세바스찬 오, 그날의 기억은 뇌리에 생생하오.

그분은 정말 필멸 인간의 행동을 마치셨지요,

내 누이동생이 열세 살 되던 날에.

비올라 우리 둘의 행복을 방해하는 것이

남성을 찬탈한 제 복장뿐일망정,

포옹을 참아 주셔요. 각각의 정황,

장소, 시간, 운명의 정황이 정말 한데 어울리고 일치하여

제가 비올라라는 게 맞을 때까지, 그걸 확인시켜 드리려면

이 도시의 어떤 선장분한테로 모셔 가야겠습니다

그 집에 제 처녀 옷가지들이 있고, 그분의 친절한 도움으로

제가 목숨을 부지, 이 고매한 공작님을 모실 수 있었습니다.

그 후 제가 한 일은

아씨분과 주인님 사이 심부름이 전부였습니다.

세바스찬 〔올리비아에게〕 그랬군요. 아가씨, 아가씨께서 혼동을 하

신 거예요.

하지만 자연은 자기 중심 따라 길을 갔네요.

처녀와 결혼하실 뻔 했으니,

아가씨께서, 절대 속으셨달 것도 없구요.

처녀인 사내와 결혼하신 거니까요.

오시노 〔올리비아에게〕 놀랄 것 없소. 고귀한 가문 출신이구려.

일이 이렇게 된 거라면, 자연의 반사가 사실인 바에야.

너무도 행복한 이 난파선에 나도 한몫 끼게 해 주시오.

〔비올라에게〕 이보게, 자네가 내게 수천 번을 말했지,

나를 사랑하는 만큼 여자를 사랑하는 일은 결코 없을 거라

고.

비올라 그 모든 말을 제가 다시 한 번 맹세하고,

그 모든 맹세를 영혼으로 지키겠습니다.

낮과 밤을 가르는

궤도의 태양이 그 불을 지키듯.

오시노 네 손을 다오.

그리고 여인 차림의 너를 보여 다오.

비올라 저를 맨 처음 해변으로 데리고 나오신 그 선장분이

제 처녀 옷을 보관하고 계십니다. 어떤 혐의를 쓰고

감옥에 갇혀 계셔요. 말볼리오가 고소했지요,

아씨의 집사고 좋은 분이지만요.

올리비아 고소를 취소하라고 할게요. 말볼리오를 오라 하세요―

아참, 저런, 이제야 생각이 나다니,

사람들 말이, 불쌍하게도 그가 매우 혼란스런 상태라던데.

〔편지를 든 광대 페스테, 그리고 파비안 등장〕

나부터 하도 정신이 없다 보니

그 일은 까맣게 잊고 있었네.

어떻게 하고 있지, 그는?

페스테 말도 맙죠, 아씨, 마귀대왕 바알세불을 멀리하려고 기를

쓰고 있죠. 그래야 마땅하고요. 아씨께 전해 달라고 편지를

썼는데요. 오늘 아침 전해 드려야 했습니다만, 뭐 미친놈 편

지가 복음도 아니고, 언제 전달되든 상관없을 것 같아서요.

올리비아 뜯어서 읽어 보세요.

페스테 그럼 잘 듣고 새기세요, 바보가 미친놈 대신 말을 합니다.

〔읽는다〕 '진실로, 오 나의 아씨' ―

올리비아 왜 그래, 미쳤어?

페스테 아니죠, 아씨, 제가 광증을 읽는 거죠. 아씨께서 제대로

들으시려면 이게 제격인데요.

올리비아 부탁이니, 네 제정신으로 읽어 줘.

페스테 당연하죠, 우리 아씨, 하지만 그의 제정신을 읽으려면 그

렇게 읽는 게 맞아요. 그러므로 차렷, 우리 아씨, 그리고 귀를

기울이시압.

올리비아 〔파비안에게〕 대신 좀 읽어요.

페스테가 파비안에게 편지를 건네준다.

파비안 〔읽는다〕 '진실로, 오 나의 아씨, 저를 모욕하셨습니다. 제
가 온 세상에 알릴 거예요. 아씨께서 저를 어둠 속에 처넣고
아씨의 술 취한 친척으로 하여금 제게 함부로 굴게 하셨지만,
제 정신은 아씨 못지않게 멀쩡합니다. 아씨 스스로 쓴 편지를
제가 갖고 있는데, 그런 복장과 거동을 취하라고 저를 부추기
셨잖습니까, 그 편지를 보이면 분명 저는 오해를 많이 벗겠으
나 아씨는 많은 수치를 겪을 것입니다. 저를 어떻게 생각하셔
도 좋습니다. 저는 잠시 제 본분을 망각하고, 모욕을 벗으렵
니다.

미치광이 취급을 받은 말볼리오.'

올리비아 그가 이 편지를 썼다고?

페스테 예, 아씨.

오시노 크게 미친 것 같지는 않군.

올리비아 그를 꺼내 줘요, 파비안, 이리 데려와요.

　　공작님, 괜찮으시다면—이 문제를 더 생각해 봐야겠습니다
만—

　　저를 아내로 원하셨던 바로 그만큼 처남댁으로 맞아 주시
면 어떨까 싶은데요,

　　날을 잡아 합동 혼례를 치르시겠다면,

　　여기 제 집에서 제가 비용을 모두 대겠습니다.

오시노 아씨, 아씨 제안을 기꺼이 껴안겠소,

　　〔비올라에게〕 당신 주인이 당신을 풀어 주오, 당신이 당신 주
인에게 보여 준 헌신,

당신의 성(性)을 거스르며 그토록 극진하게 보여 준,

　　당신의 부드럽고 고운 신분을 그토록 낮추고 보여 준 헌신

　에 대한 보답이오.

　　그리고 당신이 그토록 오랫동안 나를 주인이라 불렀으니

　　이제 내 손을 잡아 주오. 당신은 이 순간부터

　　당신 주인의 아내요.

올리비아　〔비올라에게〕이제 내 시누네요.

　　　　말볼리오 등장

오시노　이 사람이 그 광인이오?

올리비아　예, 공작님, 바로 그 사람이에요.

　　어떻게 된 거예요, 말볼리오?

말볼리오　아씨, 아씨께서 제게 너무 잘못하셨습니다,

　　너무나 잘못하셨어요.

올리비아　내가, 말볼리오? 절대.

말볼리오　〔편지를 내보이며〕아씨, 잘못하셨어요. 그 편지를 꼼꼼히

　　살펴 주시죠.

　　아씨 필체라는 걸 이제 와서 부인하시면 안 되죠.

　　다르게 쓰지 못할걸요, 필적이든 구절이든,

　　봉인도 다른 사람 거라고 못하실 테고요. 내 글이 아니다,라

　고 못하시죠.

　　모든 게 다 그렇죠. 그렇담, 인정하세요,

　　그리고 말해 보세요, 아씨 신분에 걸맞게,

　　왜 아씨가 제게 이토록 분명한 호감의 신호를 보내셨는지,

　　실실 웃으며 십자 대님을 하고 다가오라시고,

노랑 양말을 신고, 게다가 눈썹을 찌푸리며

토비 경 및 그 아래 신분들한테 막 대하라 하시고는,

제가 기대에 부풀어 그대로 하자마자

왜 저를 마구잡이로 가두어,

깜깜한 곳에 처박아 두고, 사제를 불러와서는

이제껏 간계가 꾸며 내고 조롱한

가장 악명 높은 바보 멍텅구리로 만드셨나요? 왜죠?

올리비아 저런, 말볼리오, 이거 내 필체가 아녜요,

솔직히, 아주 비슷하기는 하지만,

하지만 틀림없이, 이건 마리아 필체야.

그러고 보니 생각나네, 바로 그녀가,

최초로 내게 말했어, 당신이 미쳤다고. 그런 다음 당신이 실

실 웃으며 왔지요,

복장이 바로 여기 그렇게 하라고

편지에 당신한테 쓴 그대로였군요. 그만 진정해요,

너무나 험한 꼴을 정말 꼼짝없이 당했네요,

하지만 이제 사태의 전말을 알았으니

당신이 원고와 판관 다 하시면 되겠지요,

당신 자신의 사건에서 말예요.

파비안 훌륭하신 아씨, 제가 한 말씀 올리죠,

일체의 싸움이나 소란이

지금 이 시간

찬탄해 마지않을 이 경사를 얼룩지게 해서는 안 되니까요.

부디 바라는 마음으로

기꺼이 자수컨대 저와 토비 님이

여기 말볼리오를 골려 먹을 계교를 짰습니다,

왜냐면 어딘가 고지식하고 거만한 그의 행동거지—

우리가 고깝게 생각했어요. 마리아가 썼습니다,

그 편지는, 토비 경이 하도 간청을 해서요,

그리고 그 보상으로 경은 마리아와 결혼을 해 주었고요.

어찌나 고소하고 재미나던지

그 얘기를 들으면 앙심을 품기보다는 배꼽 잡고 웃으실 겁

니다,

양쪽이 당한 피해를

공평하게 저울로 재 본다면요.

올리비아 〔말볼리오에게〕 저런, 정말 불쌍하게 됐군요, 모두 한통속

으로 망신을 주었어!

페스테 아무렴, '어떤 사람은 대단하게 태어나고, 어떤 사람은 대

단함을 성취하고, 어떤 사람은 그걸 억지로 떠맡게 되지요.'

저도, 선생, 이 막간극에서 한 역할 했시다. 토파즈 선생이라

고, 아실랑가 몰라, 1인 2역이랄까. '주님을 걸고, 광대야, 난

미치지 않았어'—뭣보다도, 이 말 생각나시나, '아씨, 왜 이런

형편없는 놈에게 웃음을 던지시나요, 아씨가 미소 짓지 않으

면, 이놈은 재갈 물린 거나 마찬가진데'—그리고 이리하야 돌

고 도는 시간의 꼭대기에서 복수가 이뤄진다는 거.

말볼리오 네놈들 한 놈도 가만두지 않겠어. 〔퇴장〕

올리비아 얼마나 지독하게 당했으면 저럴까.

오시노 그를 쫓아가라, 가서 진정을 시켜 봐.

그 선장분 얘기를 아직 안 했도다. 〔한두 사람 퇴장〕

그 일을 알아보고, 가장 좋은 날을 잡아

숭고한 결합을 선포합시다,

우리 소중한 영혼의 숭고한 결합을. 그때까지, 상냥하신 처남댁,

우리는 이곳에 머물겠습니다. 세사리오, 갑시다─

남자인 동안 그렇게 부르겠지만

다른 복장으로 나오면,

오시노의 아내, 그리고 그가 사랑하는 여왕일 것이오.

페스테만 남고 모두 퇴장

페스테 〔노래한다〕 내가 있고 내가 어린 꼬마였을 땐,

헤이, 호, 바람 불고 비 오고,

어리석은 짓을 해도 장난이었네,

왜냐면 그 비가 날마다 내렸어.

하지만 내가 어른의 사유지로 왔을 땐,

헤이, 호, 바람 불고 비 오고,

악당과 도적을 막느라 사람들이 대문을 걸어 잠갔어,

왜냐면 그 비가 날마다 내렸어.

하지만 내가, 아아, 마누라를 얻게 되었을 땐,

헤이, 호, 바람 불고 비 오고,

약한 자 겁주는 일 망조 들었네,

왜냐면 그 비가 날마다 내렸어.

하지만 내가 자리 보존하게 되었을 땐,

헤이, 호, 바람 불고 비 오고,

여전히 고주망태 머리는 곤드레만드레,

왜냐면 그 비가 날마다 내렸어.

아주 오래전 세상은 시작되었네,

　헤이, 호, 바람 불고 비 오고,

하지만 그게 무슨 상관, 우리의 연극은 끝났네,

　그리고 앞으로도 노력해야지, 매일매일 당신을 위해.

퇴장

셰익스피어 문학, 근대의 열림,
그리고 장르 '언어'의 이름

셰익스피어 작품이 보여 주는 '영어가 완성되는 과정'은, '근대가 열리는 과정'의 문학화이기도 하다. 제임스 왕 판의 규범적 영어는 갈수록 낡아 보이지만 '과정의 문학화'인 까닭에 셰익스피어 '문학'은 좀체 낡아 보이지 않는다. 그의 인식과 지식 수준은 근대 이전 봉건성에 적지 않게 물든 것이었으되 그의 문학은 과정 너머를, 관념이나 예감이 아닌 현재의 구체성 그 자체로 상상해 낸다. 그러므로 지금, 셰익스피어 문학은 셰익스피어 당대와 우리 사이 역사를 끊임없이 '구체적인 육체로서 예술화'한다. 기술과 복제의 현대로 접어들며 음악은 갈수록 우월한 생존전략을 과시하지만, 자신의 '역사=육체'를 자신의 언어에서 지우는 방식으로 갈수록 그러하다. 시와 소설은 음악을 닮지 않는 한 그럴 수 없으므로, 자신의 언어에서 '역사=육체'는커녕 시사도 지울 수 없으므로 홀로 힘만으로 살아남을 수 없는 위기에 봉착해 있다. 자신의 '육체=언어'를 자신의 언어에서 지워 내지 않고도 음악에 필적할 만한 생존전략을 구사하는 대표적인 사례로 우리는 셰익스피어를 들 수 있을 것이고, 그런 점에서 '셰익스피어'는 21세기 들어 가장 염두에 두어야 할 작가, 배우, 극단 CEO를 넘어

어떤 '장르'의, 혹은 장르 '언어'의 이름 중 하나라도 해도 과언이 아닐 것이다. 숱한 예술 작품들이, 걸작들까지 포함하여, 음악과 영화 속으로 포함되어, 사라지는 운명을 겪었지만, '셰익스피어 문학'은 가장 자주 포함되었으되, 사라지기는커녕, 포함하는 것을 재포함하거나 재생시키거나 '포함=틀' 자체를 파괴해 왔다. '포함'자를 연구 및 해석사로 바꾸어도 얘기는 크게 다르지 않다. 전문 연구가들과 창작자들을 제외하고는, 셰익스피어 작품 창작 년대 혹은 순서가 별로 중요하지 않을 만큼 셰익스피어보다 셰익스피어 이야기가 더 중요하게 된 것도 같은 맥락일 것이다.

《로미오와 줄리엣》은 봉건적인 미학이 번쩍이는 근대의 번개를 맞으며 일순 드러나는, '일순=드러남'의, 발 디뎌야 할 낭떠러지의, '사랑=죽음=미학'이다.

베로나의 최대 가문 몬테규가와 캐퓰렛가는 불공대천의 원수 사이다. 몬테규 영주의 잘생긴 아들 로미오는 평생 순결을 서약한 로잘린에게 당한 실연으로 몹시 우울한 상태인데 마지못해 친구들과 함께 가면무도회 복장을 하고 캐퓰렛가 잔치에 갔다가 캐퓰렛 영주의 아름다운 딸 줄리엣한테 첫눈에 반해 버리고. 잔치가 끝난 후 그녀 모습을 볼 수 있을까 하여 그녀 창 아래서 서성대다가 자신에 대한 줄리엣의 혼잣말 사랑고백을 엿듣게 되고. 그는 그녀와 사랑을 나누고 둘은 다음 날 비밀리에 결혼식을 올리기로 결심한다. 로미오가 감히 캐퓰렛가 잔치에 스며든 것을 눈치 챈 캐퓰렛의 외조카 티볼트가 로미오 친구들에게 시비를 걸어 결투 중 머큐쇼를 죽이고, 그 소식에 분개한 로미오가 다시 티볼트를 죽이고 추방되니, 줄리엣은 친척 오빠의 죽음이 슬프지만 로미오에 대한 사랑은 흔들리지 않는다. 둘이 로렌스 수사의 주례로 결혼한 사실을 모르는 캐퓰렛 영주가 줄리엣을 파리스 백작과 막무가내로 결혼시키려 하자 줄리엣은 로렌스 수사에게 다시 도움을 청하고, 수사는 한참 망설인 끝에, 먹으면 42시간 동안 죽은 듯 호흡이 정지했다가 감쪽같이 다시 살아나는 약을 권한다. 죽은 걸로 하고 묘지에 안치되어 있으면 연락을 받은 로미오가 와서 깨어난 너를 데려가게 하겠다…… 그러나 수사의 편지는 로미오에게 전달되지 못하고 경악의 장례식 소식을 접한 로미오는 독약을 사 들고 자살할 결심으로 줄리엣 무덤으로 잠입, 진심으로 문상 중이던 파리스를 결투로 죽인 후 자신도 독약을 마시고 죽는다. 이제 줄리엣이 깨어나지만 로미오가 자살한 것을 보고 남은 독약이 없자, 로미오의 단도를 뽑아 자신을 찌른다. 로렌스 수사가 허둥지둥 도착하지만 때는 늦었고 그에게 사건의 자초지종을 들은 두 가문은 비로소 화해한다.

로미오와 줄리엣은 사랑 못지않게 죽음에도 집착한다. 사랑도 결혼도 죽음도 더 이상 빠를 수가 없다. 사랑의 시간은 너무 빠르고 너무 빨라서 죽음 속 평면 같고(4막 4장 73행 파리스 대사는 '죽음 속 사랑인 것을'이다) 그 속에 사랑과 죽음이 삶보다 더 달콤하고 더 비극적이다. 여러 번 읽을수록 안타까움이 더 진하고 운명이 더 운명적이다. 급기야, 안타까움과 운명이 둘이 아니고, 아름다움의 동전 양면일 때까지. 이 아름다움은 자본주의를 맞는 '미래=시작'으로서 사랑과 젊음과 육체 절정의 순결한 섹슈얼리티의 현기증이다. (이에 비하면 후기 낭만주의의 '죽음=사랑의 완성'은 '과거=끝'이다.) 《로미오와 줄리엣》은 비극의 시작인 동시에 끝이고 그렇게 '죽음=사랑'이 중세적 공포를 벗고 전율의 아름다움을 입는다. 그리고 영원히 젊다. 로미오와 줄리엣은 프로스페로를 매개로 더욱 신세대고 사랑 자체며 미래 자체다. 죽음과 아무짝도 않게 친근한, '동시에' 아름답고 참신한 사랑의 관계. 그것은 또하나의 관계인 '동시에' 관계의 또 다른 겹이고, 현재 모든 것의 역사적 밑바탕인 '동시에' 현재 곳곳에 숭숭 뚫린 미래의 창이다. 이 모든 것은 햄릿-리어왕-오셀로-맥베스의 고통의 전형성 없이는 불가능하고, 거꾸로, 그 순환 속에서 모든 작품들이 각각 역사적이고 영원하며 이러한 존재방식이야 말로 가상현실을 극복하는 예술현실 자체다. 모든 관계의 역사사회적 관계가 말한다. 고도는 올 필요가 없다……《로미오와 줄리엣》에는 연극사상 가장 안쓰러운 배역이 나온다. 4막 2장 맨 앞에 한 하인이 그야말로 등장하자마자 심부름 명을 받고 대사 하나 없이 퇴장하고는 그만인 것. 이 역은 아무래도 셰익스피어 자신이 맡았지 싶다. 굳이 배우 하나를 더 쓸 필요 없고, 쓰더라도 그 배우가 몹시 언짢아했을 테니까. 성격화 중 티볼트가 과하게 악하고 캐퓰렛 영주가 과하게 (어린 딸에게) 폭력적인 대목은 옥의 티라 할 것이다.

《12야》는 분명 희극이고, 희극이므로 해피엔딩에 산문적이지만, 동시에 남녀의 사랑이 현대적으로, 희극이 비극의 살을 이루는, 최소한 모차르트 풍으로 우울한, 노래이기도 하다. 작품 전체의 미학 자체가 복잡하고 모순적이다. 남녀의 사랑은 언제나, 오묘하고 복잡다단한 것만으로도, 근대 너머라는 듯이.

비올라와 세바스찬은 거의 똑같이 생긴 쌍둥이 남매다. 바다에서 폭풍을 만난 둘은 헤어져 표류하다 일리리아 해변 각각 다른 곳에 닿게 된다. 비올라는 남장을 하고 이름을 세사리오로 고쳐 부르며 오시노 공작의 시녀로 들어갔다가 이내 그에게 반한다. 오시노는 아름다운 백작 부인 올리비아한테 빠져 세사리오를 보내 청혼하지만 올리비아는 오히려 세사리오(비올라)한테 홀딱 반하고, 그러는 동안 세바스찬은 자신을 도와준 선장 안토니오를 찾아 섬을 헤맨다. 안토니오는 오시노 공작이 수배령을 내린 '적군 지휘관'이었는데, 그가 어느 날 세사리오(비올라)를 보고 그를 세바스찬으로 오해하고, 자신을 알지 못한다는 세사리오에게 배은망덕하다며 비난하던 중 오시노의 부하들에게 체포당하고 세바스찬과 처음 마주친 올리비아는 그를 세사리오로 잘못 알고 청혼, 그의 승낙을 받아내고 그렇게 오해의 희비쌍곡선이 이어지다가 결국 비올라와 세바스찬이 재회하고 오해가 풀리고 안토니오는 용서받고 오시노와 비올라가, 그리고 올리비아와 세바스찬이 결혼한다.

《12야》에서 사랑은 한마디로 정체불명이다. 감정은 깊고 깊지만, 대상은 오리무중이고, 오해로 인해 상대가 뒤바뀌어도, 오해가 풀려 상대가 뒤바뀌어도 상관이 없다. 셰익스피어의 '너무 이른 나이 너무 연상 여자와의 결혼'에 따른 여성혐오증이 희극 정신을 변질시키고 있다는 말이 있지만, 여성혐오증이 사실이란들, 이것은 《12야》의 희극 정신을 변질시키기는커녕 근대 너머로 심화한다. 현대를 맞으며 결코 명랑해질 수 없는 인간 감정 관계의 한 경지를 우리는 먼저 보고 있다. 곁가지 이야기도 맞춤하다. 올리비아의 주정뱅이 친척 토비 벨치 경, 그를 남편 삼으려는 올리비아의 꾀 많은 하녀 마리아는 콧대 높고 뻣뻣한, 그리고 은연 중 올리비아를 사모하는 올리비아의 집사 말볼리오에게 올리비아가 쓴 것처럼 꾸민, 그녀가 말볼리오를 사랑하며, 이런저런 촌스런 복장과 거만한 태도가 너무 좋아 보이더라는 내용의 편지를 길바닥에서 줍게 하고, 깜빡 속아 넘어간 말볼리오는 편지대로 하다가 미친 사람 취급을 받는 등 크게 골탕을 먹고, 그 와중에 마리아는 토비 벨치 경과 결혼한다.

《좋을 대로 하시든지》는 세상 혐오가 희극의, 해피엔

딩의 문제고, 이 문제 또한 희극을 변질시키지 않고 심화, 현대화한다.

올란도가 궁정 챔피언 찰스와 씨름시합에서 지는 것은 물론, 몸성하기가 힘들 것이라는 모든 이들의 예상을 깨고 대번에 승리하자 프레데릭 공작은 심기가 불편하다. 그는 형을 내쫓고 공작 직위를 찬탈했는데, 올란도는 전임 공작의 절친한 벗으로 용감하게 싸우다 전사한 로울랜드 드 부아 경의 막내아들이었던 것. 프레데릭의 딸 셀리아, 그리고 그녀가 끔찍이도 좋아하는, 그래서 아버지한테 애원하여 궁정에 머물도록 해 준 전임 공작 딸 로잘린드는 그 모든 게 신기하고. 올란도와 로잘린드는 서로 사랑에 빠진다. 프레데릭이 로잘린드를 쫓아내려 하자 셀리아는 로잘린드와 함께, 광대 터치스톤을 데리고, 각각 시골처녀 엘리어너와 소년 가니메데로 변장한 채, 전임 공작과 그의 부하들이 살고 있다는 숲 이상향으로 떠나고. 집으로 돌아온 올란도에게 충직한 하인 영감 아담은 올란도 형 올리버가 올란도를 죽이려 한다는 걸 알려 주고, 그들도 집을 떠나고. 프레데릭은 올리버에게 올란도를 추적, 사살하라는 명을 내린다. 굶어 죽을 지경에 처한 올란도와 아담을 착한 전임 공작과 그의 신하들이 구해 내는데, 신하들은 모두 즐겁지만, 단 한 사람, 자크는 우울병에 걸린 염세 철학자다. 올란도는 나무마다 로잘린드에게 바치는 연애시를 써서 매달고 로잘린드는, 자신의 정체를 드러내지 않고 교묘한 진실게임을 시작하고, 그와 동시에 터치스톤과 촌닭 오드리, 그리고 양치기 사내 실비우스와 양치기 처녀 피비 사이 애정 행각이 진행되는데 피비가 가니메데(로잘린드)에게 홀딱 반하면서 사태가 복잡해지다가 올란도가 올리버를 암사자의 위협으로부터 구해 주고 형제가 화해하면서 해결의 실마리가 열린다. 올리버는 셀리아와 사랑에 빠지고 가니메데는 올란도와 아버지 공작에게 정체를 드러내고 피비에게 실비우스를 사랑하라 설득하며 터치스톤은 오드리와 결혼하고, 대단원으로, 올란도의 작은형 자크가 프레데릭 공작 소식, 참회하고 물러나면서 공작 직위와 전 재산을 전임 공작에게 물려주기로 했다는 소식을 전한다. 로잘린드가 에필로그를 끝내면 막이 내린다.

로잘린드가 셰익스피어 작품에서 주역을 맡은 드문 경우 중 하나라는 것도 중요하지만《좋을 대로 하시든지》는 사랑에 빠진 남과 여 사이는 물론, 도회지(궁정)풍과 농촌풍 사이, 농촌과 이상향 사이, 우울한 염세 철학과 심오한 광대 해학 사이, 운문과 산문 사이, 현실과 연극 사이, 근대와 전원풍 사이, 그리고 걸작과 평균작 사이 넋을 놓는 듯한 방식으로 그 사이를 아우르는, 그리하여 사이의 좌우를 한없이 넓혀 가(도 좋다)는 의미의 '좋을 대로 하시든지' 같으다. 그러면서도 이 작품 또한 노래에 달한다.

《윈저의 즐거운 아낙네들》은 말 그대로 근대 형성의

장이다.

존 폴스타프 경은 배 나오고 뚱뚱하고 우스꽝스러운, 비겁하고 변명 잘하고 떠벌이기 좋아하고 낭비벽 심하고 무일푼인 술주정 꾼이다. 그는 남편 있고 재력 있는 두 여자, 포드 부인과 페이지 부인을 유혹하여 물주로 써 먹겠다 결심하지만, 그가 쫓아낸 알랑쇠 둘이 그를 배반, 그 사실을 남편들한테 일러바치고 연서 내용이 똑 같은 걸 알게 된 두 여자는 그에게 개망신을 안겨 줄 계획을 짠다. 그의 구애를 받아들이는 척 하면서 그녀들이 제시한 요령을 따르다가 폴스타프는 빨래통에 섞여 도랑에 버려지고, 여장 한 채로 포드에게 두들겨 맞고, 급기야는 오밤중 숲에서 가짜 요정들한테 단단히 험한 꼴을 당하며, 그러는 동안 페이지의 딸 앤은 부모가 각각 미는 구혼자 두 명을 따돌리고 연인 펜튼과 맺어지는 데 성공한다.

문학사상 폴스타프만큼 희극적인 동시에 불쌍한 등장인물은 없다 할 것이다. 그가 맞는 좌절과 망신, 그리고 험한 꼴은 처음부터 예상된 것이지만 여러 번을 읽더라도 그 재미가 좀체 줄지 않으며, 그가 구사하는 문학적 희극성은 읽을수록 오히려 묘미를 더한다. 이 작품은 9할 가량이 산문이고 여기서 산문은 중세풍 외국어와 시민사회풍 방언 사이 경계고, 경계의 무너짐이고, 로맨스의 배제고, 영국 민족어의 탄생이고, 하녀 일상까지 포함한 직업 등장이고, 여권 신장이고, 세부 사항이 복잡하고 치사하기

짝이 없는 시민사회의(셰익스피어 자신의) 상속 내용이다. 특히 폴스타프의 산문으로써 운문의 권위가 마침내 붕괴되기 시작한다. 질탕하고 잡다한, 그리고 질탕이 잡다한 저잣거리 산문이 시의 비극적, 혹은 귀족적 순결을 압도하기 시작한다. 그 광경은 《맥베스》의 (덩컨의) 죽음 혹은 (맥베스의) 죽임의 운문과 (문지기의) 코믹의 산문이 서로를 상승시키는 장면보다 덜 전율적이지만, 더 본질적인 근대의 장면이다.

《한여름 밤의 꿈》은 명백히 프로이트 개념 박물관이고 프로이트 정신분석 너머다.

막이 오르면 아테네 테세우스 궁전, 왕이 히폴리타, 아마존 여전사들의 여왕과 결혼식을 치르기 하루 전이다. 헤르미아와 리산더는 서로 사랑하는 사이지만 헤르미아의 아버지 에게우스가 결혼을 반대하고 아버지의 권리로 자기 딸을 데메트리우스에게 시집보내겠다고 테세우스에게 청하지만, 데메트리우스는 헤르미아의 친구 헬레나가 좋아하는 인물. 테세우스가 헤르미아에게 아버지 뜻에 복종하라고 명하자 두 연인은 근처 숲으로 달아나고, 데메트리우스와 헬레나가 그들을 쫓는다. 숲에서는 요정 왕 오베론이 미소년을 끼고 도는 자신의 왕비 티타니아에 화가 치민 나머지 요정 로빈에게 명령, 잠에서 깨어나 맨 처음 보게 되는 사람 혹은 짐승과 사랑에 빠지게 만드는 마법의 꽃즙을 티타니아 눈꺼풀에 바르게 한다. 오베론은 숲 속에서 데메트리우스에게 고생스레 매달리는 헬레나가 딱하여 데메트리우스 눈꺼풀에도 즙을 발라, 깨어나자마자 보게 될 헬레나와 사랑에 빠지도록 하라고도 이른다. 로빈은 잠든 티타니아 눈꺼풀에 즙을 바르지만 실수로 리산더 눈꺼풀에도 바르고 그가 깨어나 헬레나를 보게 되니 네 사람 모두 자신을 사랑하지 않는 사람을 사랑하게 되고. 로빈은 숲에서 테세우스 결혼식 때 공연할 연극 《피라무스와 티스베》를 리허설 중이던, 뜻은 좋으나 예술에는 터무니없이 무지한 아테네 막일꾼들 중 우두머리 배우 바텀의 머리를 나귀 머리로 바꾸어 나머지 막일꾼들을 혼비백산케도 하는데 그 소동에 잠이 깬 티타니아가 나귀 머리와 사랑에 빠지니 오베론도 퍽도 유쾌하고 바텀은 요정들의 수발을 받으면서 으스댄다. 오베론이 연인들을 원위치 시키라 명하고, 데메트리우스가 이제 헬레나의 사랑을 받아들이고 테세우스가 그들 모두에게 축복을 내리니 연인들은 모든 문제가 풀리고, 얼마 안 가 오베론은 티타니아도 마법에서 풀어 주며, 바텀은 환상적인 꿈을 꾸었다 생각하고 그와 그의 서투른 동료들의 테세우스 궁정 공연은 커다란 성공을 거두고 관객들을 대단히 즐겁게 한다.

본 줄거리는 마치 프로이트를 분석하는 프로이트 소재 같다. 그리고 해피엔딩 끝에 이어지는 《피라무스와 티스베》는 현대연극의 온갖 장르(다다-, 초현실-, 소외-, 잔혹-, 부조리- 등등)를 포괄하면서(참혹 줄거리에, 돌담, 달 등 무대장치도 말을 하고, 사자는, '난 진짜 사자가 아니다'며 관객을 미리 안심시킨다) 현대 연극의 어느 걸작보다 더 재미있고, 총체적이다. 그것은 해피엔딩 이후의 응축이며 극치며 악화다. 그것은 《로미오와 줄리엣》의 희화화이자 《리어왕》의 예감이기도 하다. 그리고, 신화적 역사와 역사적 신화 사이를 파고드는, 환상적인 현실과 현실적인 환상 사이를 파고드는, 연극 정신의 초현대이기도 하다.

《베니스의 상인》은 말 그대로 자본주의 형성의 장이다.

가난에 쪼들리게 된 베니스 귀족 밧사니오가 부유한 무역업자 친구 안토니오에게 아름다운 상속녀 포오샤에게 정식으로 청혼하는 데 필요하다며 3천 더컷을 빌려 달라 하고, 수입 상품에 모두 투자한 터라 현찰이 없던 안토니오는 고민 끝에 평소 혐오하던 유태인 대금업자 샤일록에게 상품을 담보로 돈을 꾸어 빌려 주려고 하지만 그에게 앙심을 품고 있던 샤일록은 담보 대신 '못 갚을 경우 살 1파운드를 내놓는' 조건으로 돈을 내주고, 밧사니오는 포오샤 아버지가 죽기 전 고안한 세 상자 중 하나 고르기 시험을 통과, 다른 구혼자들을 물리치고 포오샤를 차지하지만 안토니오의 수입 선단이 통째 가라앉아 안토니오가 꾼 돈을 갚을 수가 없게 되었다는 소식을 듣고는 베니스로 급히 떠난다. 재판장인 베니스 공작에게 샤일록은 계약대로 안토니오의 살 1파운드를 베겠다는 고집을 꺾지 않고 안토니오가 목숨을 잃을 위험에 처하지만 변호사로 변장한 포오샤는 1파운드에서 한 치의 오차라도 있으면 죽을 줄 알라며 샤일록의 기를 꺾고 그가 베니스 시민의 목숨을 노린 혐의로 오히려 샤일록을 고발, 판세를 완전히 뒤집는다. 공작은 샤일록이 기독교로 개종하고, 기독교도와 결혼한 그의 딸 제시카의 유산상속권을 회복시켜 주는 조건으로 샤일록의 목숨을 살려 준다.

셰익스피어는 유태인 혐오자였던가? 이 작품만 하더라도, 그렇게 보기는 힘들다. '유태인 샤일록'을 악살매기는 줄거리이기는 하지만, '베니스의 상인' 안토니오는 겉보기만큼 선량한 사람이 아니고 샤일록은 겉보기만큼 악독한 사람이 아니며, 밧사니오는 겉보기만큼 신사적인 사람이 아니고, 포오샤 또한 겉보기만큼 순정한 여인은 아니다. 세 상자 게임에서 밧사니오가 이탈리아, 독일 귀족, 모로코, 아랍, 페르시아 군주까지 따돌리는 과정은 그가 어줍잖은 귀족 근성을 버리고 자본주의적 결혼 방식에 정통해 가는 그것에 다름 아니고, 포오샤가 재판을 주도하는 과정은 그녀가 자본주의적 재판 및 변호 방식에 정통해 가는 그것에 다름 아니다. 안토니오는 밧사니오에게만 선량할 뿐, 자본의 논리를 환히 꿰고 있는 인물이며, 샤일록에게 처음부터 너무 무례하다. 고리대금은 뚜렷한 언급이 없고 이자라는 말을 쓰는 것은 바로 안토니오고, 샤일록은 이익이라고 표현하니(1막 3장 45-46행) 샤일록에 대한 안토니오의 (근거 없는) 적개심은 중세 잔재에 대한 신흥 자본주의의 그것이라고 할 수도 있다. 다른 한

편, 어쨌거나, 샤일록은 자본주의적으로(도) 너무나 명쾌한 논리를 펼치고, 문학적 재치도 그에 뒤지지 않는다. 아니, 오히려, 그의 맞상대들이 낭만적이고, 비유의 수준이 꽤나 뒤진다. 포오샤는 재치에서 이기지만, 문학성이 없고, 그녀의 응징은 샤일록 못지않게 잔인해 보인다. 그리고, 법적으로, 포오샤가 변호인 자격이 없으니 재판 전체가 사기극이다. 요는, 무언가 바뀐 세상이, 다가와 있었고, 그 바뀐 세상의 바뀐 이윤획득 법칙이 등장인물 거의 모두를 똑같이 지배했다. 한 사람이 악독했다면 그건 본의가 아니었고, 다른 사람이 착했다면 그것 또한 본의가 아니었다. 다만 영원한 사랑의 법칙이 그 똑같은 법칙의 선과 악 두 측면을 무리하게 갈라내고, 당연히 후자를 쳤다. 그러나 그 선악은 동전의 양면이었으므로, 세상이 바뀌는 것을 가로막지 못했다. 자본주의는 그 뒤로 그들의 이분법적이고 개인적인 애정관계와 무관하게 성장한다. 그리고 재판관까지 포함하여 아무도 자신이 착하고 싶어도 최종적으로는 착할 수 없게끔 되는 세상이 오리라는 것을 예상치 못했다. 더 불행한 것은 악에 대응하는 역사의 발전 경로다. 자본가 '개인'이 실제로, 아주 사소한 데까지, 단돈 10원까지도 악독하기를 바라는 것이 습관이 되고 병폐가 된다. 그 '개인'이 실제로 착해 보일 때, 대응력은 그 자체 어쩔 줄 모르기가 태반이고 심지어 대응 자체를 포기하기 일쑤로 되고, 어떤 안간힘이나 역부족의 표현으로 뵌다. 사본가들은 100억을 벌 수 있다면 99억 원어치의 선심을 투자한다. 악을 변혁하려는 자도, 개선시키려는 자도, 그러한 자본주의의 이윤 예상력 혹은 상상력을 따라잡지 못했다. 눈부신 자본주의 성장 속에서, 각 개인에게 100만 원을 주고, 500만 원 이상을 가져간다는 논리는 그런 중세기적 선악 개념 때문에 설득력을 갖지 못했다. 대응세력의 본질적인 성장과 현상적인 진출을 구분하여 결합치 못하고, 특히 후자의 누추한 가두투쟁 측면에만 집착하여, 그 수준을 전자의 수준으로 착각, 급기야는 대응세력이 자본주의 발전 이상으로 실제로 발전했으며, 또한 실제로 발전해야 한다는 사실과 명제 자체를 부인하게 되는 저항운동사는 아직 끊이지 않고 있다. 《베니스의 상인》의 등장인물 대부분 자신의 이윤 예상력의 결과를 예상치 못했다. 그것은 그들 선의의 능력으로도, 계산의 능력으로도 도저히 감당할 수 없는, 훨씬 더 거대하고 훨씬 더 오묘한 인간-사회-역사적인 결과이기도 했기 때문이다. 《베니스의 상인》은 샤일록에게 유죄를 내릴밖에 없다. 난여기서 우리 시대 소위 진보 세력이 처한 함정을 떠올린다. 샤일록의 원시적 형벌은 그것 때문에 덜 그악스러워 보인다. 아니, 그 결과로 보인다. 파국을 맞은 샤일록의 짤막한 질문 혹은 답변 '그게 법이오?'(4막 1장 309행)는 《리어왕》의 그것보다 약간만 덜 비극적으로 측은하고, 간결하고, 명징하고, 엄혹하다. 포오샤와 샤일록 대사는 운문과 산문이 뒤섞여 있고 갈수록 모든 등장인물 대사가 그렇다. 샤일록이 너무 늙었다는 것, 대사 내용에 비해 비유 혹은 뉘앙스가 너무 성적(性的)이라는 것이 이 작품의 하자라 하겠다.

《헷갈려 코메디》는 초기작이라 비교적 미숙하고 단순한 편이지만 거꾸로, '셰익스피어, 장르 언어의 이름'이라는 맥락에서 위 작품 전체를 담을 수 있는 크기의 그릇일 수 있다.

시라쿠사와 원수지간인, 사기와 마법 행각으로 유명한 에페수스에 시라쿠사인 에게온 노인이 들어왔다 피체. 몸값을 치르지 않으면 사형당하는 신세를 맞는다. 입항 이유를 묻는 공작에게 노인은 18년 전 바다에서 풍랑을 만나 아내와 쌍둥이 자식 하나, 그리고 가난한 부모에게서 데려와 키운 쌍둥이 하인 하나를 잃었는데 시라쿠사에서 성장한 나머지 아들 안티폴루스와 나머지 하인 드로미오가 자기 쌍둥이 동생들을 찾겠다고 떠난 후 역시 소식이 없는지라 그들을 찾아보러 왔다고 하니 공작은 노인이 불쌍해서 24시간의 말미를 준다. 동생들은 같은 이름으로 주인과 신하 관계로, 주인은 아내와 처제, 그리고 다른 하인들까지 거느리고 에페수스에 살고 있었고 똑같이 생긴 두 안티폴루스와 두 드로미오. 그리고 두 주종 관계의 병존은 숱한 오해와 혼란을 야기시켜 마법 탓으로 여겨질 정도의 절망적인 상황에 이르지만 역시 해피엔딩. 에게온은 두 아들과 두 하인은 물론 아들을 잃고 수녀원장으로 은둔 참회 중이던 아내까지 되찾게 된다.

김정환

1954년 서울 출생. 서울대 영문과를 졸업했다.
1980년 《창작과 비평》에 시 '마포, 강변동네에서' 외 5편을 발표하면서 작품 활동을 시작했다.
시집 《지울 수 없는 노래》《하나의 이인무와 세 개의 일인무》《황색예수전》《회복기》
《좋은 꽃》《해방 서시》《우리 노동자》《기차에 대하여》《사랑, 피티》《희망의 나이》
《노래는 푸른 나무 붉은 잎》《텅 빈 극장》《순금의 기억》《김정환 시집 1980-1999》
《해가 뜨다》《하노이 서울 시편》《레닌의 노래》《드러남과 드러냄》 등 20여 권의 시집과,
소설 《파경과 광경》《세상 속으로》《그 후》《사랑의 생애》,
산문집 《발언집》《고유명사들의 공동체》《김정환의 할 말 안 할 말》,
평론집 《삶의 시, 해방의 문학》, 음악 교양서 《클래식은 내 친구》《내 영혼의 음악》,
문학 창작 방법론 《작가 지망생을 위한 창작 강의 일곱 장》,
역사 교양서 《상상하는 한국사》《20세기를 만든 사람들》《한국사 오디세이》 등이 있으며,
《더블린 사람들》《셰익스피어 평전》 등을 번역했다.
2007년 제9회 백석 문학상을 수상했다.

154

십이야, 혹은 그대의 바람

Copyright ⓒ 김정환, 2010

첫판 1쇄 펴낸날 | 2010년 4월 12일
지은이 | 셰익스피어
옮긴이 | 김정환
펴낸이 | 박성규
펴낸곳 | 도서출판 아침이슬
등록 | 1999년 1월 9일(제10-1699호)
주소 | 서울시 마포구 합정동 411-2(121-886)
전화 | (02)332-6106
팩스 | (02)322-1740
이메일 | 21cmdew@hanmail.net
ISBN 978-89-88996-83-6 04840
ISBN 978-89-88996-82-9 (세트)
책값은 뒤표지에 있습니다.